# 나를 초월한 기분

낮은산 키큰나무 26

# 나를 초월한 기분

2024년 9월 25일 처음 찍음

지은이 최상희 연여름 문이소 이필원 하유지
펴낸곳 도서출판 낮은산 | 펴낸이 정광호 | 편집 조진령 | 디자인 소요 이경란 | 제작 세걸음
출판 등록 2000년 7월 19일 제10-2015호
주소 10881 경기도 파주시 회동길 216 202호
전화 02-335-7365(편집), 02-335-7362(영업) | 팩스 02-335-7380
홈페이지 www.littlemt.com | 이메일 littlemt2001ch@gmail.com
인스타그램 @little_mt2001
제판·인쇄·제본 상지사P&B

ⓒ 최상희 연여름 문이소 이필원 하유지 2024

ISBN 979-11-5525-175-1 43810

* 잘못 만들어진 책은 바꾸어 드립니다. * 책값은 뒤표지에 표시되어 있습니다.
* 이 책 내용의 일부 또는 전부를 재사용하려면 반드시 저작권자와
  도서출판 낮은산 양측의 동의를 받아야 합니다.

## 차례

**내성적인 뱀파이어** 최상희
- 7 -

**나만의 리미트** 연여름
- 45 -

**기간테스가 나타났다** 문이소
- 85 -

**레드 카펫을 깔아 줘요** 이필원
- 123 -

**나를 초월한 기분** 하유지
- 159 -

# 내성적인 뱀파이어

### 최상희

한밤중 코코가 짖는 소리에 잠이 깼다.

"코코, 쉿. 이리 와."

코코는 아랑곳하지 않고 창을 향해 맹렬하게 짖었다.

무슨 일이지. 코코는 내가 장난으로 간식을 뺏는 시늉을 할 때 말고는 웬만해선 짖지 않았다. 그것도 싱겁게 깡, 한번 하고 만다. 도둑이 들어와도 꼬리를 흔들 녀석이라고 아빠는 말하곤 했다.

나는 침대에서 일어나 창가로 갔다. 창밖을 내다보자 길 건너에 커다란 트럭이 서 있었다. 침대와 소파, 식탁……, 트럭에서 내려진 짐이 줄줄이 맞은편 집 안으로 들어갔다. 오래 비어 있던 집에 드디어 이사 들어오는 모양이었다. 하지만 이 시간에? 휴대폰을 확인하자 새벽 한 시가 훌쩍 지났다. 꼬리를 말고 낮게 으르렁대는 코코를 간식으로 달랜 뒤 다시 창밖을 내다봤다.

달도 없는 밤이었다. 거리에는 오가는 사람 하나 보이지 않았다. 트럭에서 커다랗고 길쭉한 상자가 내려졌다. 매우 귀중한 물건인 듯, 인부들이 조심스레 들어 옮겼다. 어쩌면 무거워서일지도 모르겠다. 폭은 좁고 제법 깊이가 있고 길이는 사람 키를 훌쩍 넘었다. 불현듯 전에 본 영화 장면이 떠오른 동시에 나는 상자가 뭔지 깨달았다. 상자는 모두 세 개였다. 트럭이 떠난 뒤 그림자 세 개가 조용히 마당을 지나 집 안으로 들어갔다.

이웃집에 뱀파이어가 이사 왔다.

뱀파이어족은 국가에서 정한 격리 지구에 거주했다. 격리 지구는 인가와 멀리 떨어져 있었는데, 정확한 위치는 알려지지 않았다. 뱀파이어족에 대해서도 전해진 바가 거의 없었다. 격리 지구는 출입이 엄격히 통제되고 뱀파이어족과 인간은 서로 접촉하지 않고 살았다. 다 오래전 얘기다. 소수자 차별 반대법이 제정된 뒤 격리 지구는 없어졌다. 일정 기간 적응 교육을 받은 뒤 뱀파이어족은 격리 지구를 떠나 인간들과 어울려 살게 되었다.

동네에 뱀파이어가 이사 온 건 처음이다. 그것도 우리 집 바로 건너편이라니. 나는 뱀파이어를 본 적 없었다.

"엄마, 길 건넛집 이사 온 거 알아?"

다음 날 아침, 출근 준비로 분주한 엄마에게 물었다. 코코는 여느 때처럼 꼬리를 흔들며 엄마를 졸졸 따라다녔다.

"어, 그래? 좋은 사람들이면 좋겠네."

사람이 아니라고 말하기도 전에 엄마는 코코에게 뽀뽀하고 부리나케 출근했다.

나는 시리얼에 우유를 붓고 눅눅해지길 기다렸다. 그런데 생각해 보니 아주 사람이 아닌 건 아니지 않나 싶었다. 영화에서는 사람과 되게 비슷하던데. 얼굴이 유난히 창백하고 송곳니가 좀 뾰족한 것 말고는. 원래 인간이기도 했고. 하지만 그건 영화니까 실제론 어떨지 또 모를 일이다. 이웃들도 영화에서처럼 우스꽝스러운 검은 망토를 입고 다닐지 궁금했다.

충분히 눅눅해진 시리얼을 먹으며 창밖을 내다봤다. 날이 흐리고 어둑했다. 길 건넛집 마당에 말라 죽은 커다란 나무가 음산하게 서 있었다. 나뭇가지 사이로 보이는 창에는 하얀 커튼이 드리워 있었다. 한참을 지켜봤지만 아무런 움직임도 없었다.

래미는 얼굴이 창백하지 않았다. 검은 망토 따위도 걸치지 않았다. 교복 차림의 래미는 평범해 보였다. 뱀파이어족이라고 담임이 소개하지 않았다면 아무도 알아채지 못했을 것이다. 며칠 전 이웃집 안으로 옮겨진 관 세 개가 떠올랐다. 그중 하나가 래미의 것일까?
"학교에 마늘이나 십자가 가져오지 마라."
담임이 말했다. 그러고는 덧붙였다.
"농담이다."
담임은 웃겨 죽겠다는 듯이 으하하하, 웃었다. 아무도 따라 웃지 않았다. 담임은 재미없기로 유명했고 가만 보면 눈치도 좀 없는 것 같다. 래미는 침착한 표정으로 정면만 응시했다. 고개를 돌려 보자 래미의 시선이 닿은 곳에 '지켜보고 있다'라는 급훈이 적힌 액자가 걸려 있었다.

담임이 래미를 향해 친구들에게 인사하라고 말하자마자 창밖에서 우르르, 하고 심상찮은 소리가 들려왔다. 주위가 컴컴해져서 내다보니 시커먼 구름이 몰려오고 있었다. 삽시간에 검게 변한 하늘이 별안간 쫙 갈라지며 번뜩였다. 몇 초 뒤, 천둥소리가 귀를 때렸다. 동시에 책상이 흔들리더니 팟, 하고 형광등이 나갔다. 아이들이 비명을 질러 댔다. 다시 하늘이 찢어지며 번뜩였다. 그 순간 래미가 살짝 웃은 건 내 착각일까. 분명 뾰족한 송곳니를 본 듯했다.

잠시 뒤 형광등이 다시 켜졌다. 하늘은 언제 그랬냐는 듯이 갰다. 한바탕 소동 탓에 인사는 흐지부지되고 래미는 담임이 시킨 대로 창가 맨 끝줄에 앉았다. 내 옆자리였다.

조회를 마치고 담임이 나가자마자 래미는 책상에 엎드렸다. 애들이 래미를 힐끔힐끔 바라보며 속닥거렸다. 호기심과 궁금함이 날개를 펼치고 교실 안을 붕붕 날아다녔다. 전학생이 오면 으레 그러기 마련이었다. 게다가 무려 뱀파이어 전학생 아닌가. 그래 봐야 관심은 이틀도 가지 않을 것이다. 애들은 싫증을 잘 냈다.

나는 일어나 창에 커튼을 쳤다. 영화에서 뱀파이어가 햇빛을 받으면 재로 변했던 게 떠올랐다. 꼭 영화 같지는 않겠지만 그래도 혹 모르니까. 자리로 돌아와 앉자 래미가 고개를 살짝 돌려 나를 뚱하니 바라봤다. 미소를 지을까, 안녕, 하고 인사할까, 내가 고민하는 사이 래미는 얼굴을 다시 팔에 묻었다.

며칠 동안 래미를 관찰한 바에 의하면 이렇다. 일부러 본 건 아니다. 옆자리라 눈에 띄었을 뿐이다. 일단 래미는 잠이 많다. 수업 시간 내내 엎드려 자고 쉬는 시간까지 내처 잤다. 심지어 화장실도 안 갔다. 영화에서 본 대로 역시 낮에는 관 속에서 자고 밤에 활동하는 습성 때문일까? 하지만 수업 시간에 자는 애들은 많으니까. 솔직히 나도 담임 시간에는 버티기 힘들다. 그런데 이상하게도 선생님들은 약속이라도 한 듯 잠자는 래미를 못 본 척했다. 선생님들은 자는 애들보다 떠드는 애들을 더 싫어하긴 했다.

두 번째, 래미는 점심을 먹지 않았다. 점심시간에도 래미는 꿈쩍도 안 하고 잤다. 급식실에 갔다 교실로 돌아와 보면 래미는 여전히 자고 있었다. 뱀파이어가 인간의 피를 주식으로 한다는 소문이 사실일지도 모른다. 이건 좀 으스스한데.

그리고 세 번째, 래미는 인간을 싫어하는 것 같다. 모든 인간이라고 단정할 수는 없지만 적어도 반 애들을 좋아하지는 않는다. 래미는 우리 반 누구와도 말을 안 했다. 말 걸 틈조차 주지 않는다. 우리 반 소식통이자 오지랖 넓은 수이가 입도 벙긋 못 했으니 말 다했다. 엎드려 자는 래미 등에서 너희들과 절대 친해지지 않겠다는 강한 결의마저 느껴졌다. 그야말로 철옹성 그 자체였다.

수업이 끝나면 늘 래미와 함께 집으로 돌아갔다. 정확히 말하자면 래미가 스무 걸음쯤 앞서 걷는다. 미행하는 건 절대 아니다. 집으로 가는 방향이 같으니 어쩔 수 없다. 그날도 래미를 뒤따라 집으로 가던 중이었다. 웬일인지 래미네 집 앞에 사람들이 모여 시끌시끌했다.

"아이고, 말세야, 말세!"

누군가 고래고래 소리 질렀다. 목소리의 주인공은 빨간 야구 모자를 쓴 할아버지였다. 야구팬인가 했는데 왠지 손에 골프채를 들고 있었다.

"숭악한 것들이 와서 동네 다 망치네!"

세상에. 뱀파이어족에 대한 혐오는 불법이다. 혐오 발언이나 행위는 그 정도에 따라 벌금형부터 징역형까지 처했고 만약 가해자가 공무원이라면 파면되어 다시는 공직에 나설 수 없다. 어린이나 청소년을 접하거나 교육하는 업무에서도 배제됐다. 다 학교에서 배웠다. 하지만 할아버지가 학교 다니던 시절엔 배우지 않았을 수도 있다. 할아버지는 족히 300년은 산 것처럼 보였다.

"이러다 집값이라도 떨어지면 응? 누가 책임질 거야!"

할아버지가 악을 쓰며 골프채를 붕붕 휘두르는 바람에 사람들이 황급히 피했다. 어찌나 기세가 대단한지 아무도 말릴 엄두를 내지 못했다.

나는 우뚝 멈춰 선 래미 등을 바라봤다. 떨고 있는 듯 보인 건 내 착각일까? 나도 모르겠다. 그 순간 내가 왜 그랬는지. 나는 달려가 래미 손을 덥석 잡았다. 래미 눈이 커다래졌고 나는 그대로 손을 이끌고 우리 집으로 재빨리 걸었다. 래미는 순순히 따라왔다.

하지만 솔직히 고백해야겠다. 현관문 앞에서 나는 잠시

망설였다. 뱀파이어를 집에 초대했다가 엄청난 재앙을 불러들인 영화가 문득 떠올랐기 때문이다. 이건 날 잡아 드세요, 하고 목을 갖다 바치는 꼴 아닌가. 그때 할아버지가 또 고함지르는 바람에 후다닥 집 안으로 뛰어 들어갔다.

코코가 나를 반기려 허겁지겁 달려 나오다 래미를 보고 소스라쳤다. 불안한 눈동자와 긴장해서 촉촉해진 코. 짖으려나, 도망치려나, 하는 순간.

믿을 수 없었다. 코코가 래미 앞에서 발라당 드러눕더니 배를 보였다. 도둑이 들어도 꼬리를 흔들 거라는 아빠 말은 틀렸다. 코코는 온몸을 흔들며 아주 좋아 죽었다.

"개는 뭐랄까, 참 방정맞은 동물이구나."

래미가 드라이아이스 같은 목소리로 말했다. 그러고 보니 제대로 목소리를 듣기는 처음이었다. 어, 원래는……, 하고 변명하려다 생각해 보니 원래도 코코는 차분한 편은 아니었다.

"난 고양이만 키워 봐서."

래미가 쓰다듬는 손길에 코코는 불판 위의 버터처럼 녹아내렸다.

"고양이의 단 한 가지 단점이 뭔지 알아?"

"단점이 있어?"

"너무 빨리 죽어. 겨우 31년밖에 못 살더라."

나는 멍하니 래미를 바라봤다. 잘못 들었나 싶었다.

"그 정도면 장수한 편 아니야?"

래미 뺨이 딱딱하게 굳었고 내 심장도 냉동실에 넣은 고기처럼 얼어붙는 것 같았다.

"저, 저기, 뭐 좀 먹을래?"

래미가 싸늘한 눈빛으로 나를 노려보다 뭐가 있냐고 물었다.

쿠키와 감자칩, 초콜릿, 젤리, 라면, 육포, 오렌지, 바나나, 당근, 아보카도, 달걀, 치즈, 주스와 콜라 등등, 냉장고와 선반 안에 있는 걸 죄다 꺼내 식탁에 늘어놓았다. 뱀파이어 손님은 처음이라 뭘 대접해야 할지 도통 감이 안 왔다. 친구가 집에 온 게 오랜만이기도 했고. 내 절친 준이 1년 전 이사 간 이후로 처음이었다. 혹시나 해서 냉동실에 있던 꽁꽁 언 고기를 냉동 피자 옆에 살짝 두었다. 눈썹 사이를 살짝 찌푸린 채 식탁 위를 찬찬히 훑어보던 래미가 손을 뻗었다.

 아, 하고 래미는 내 방을 둘러보고 짧게 감상을 표현했다. 아, 다음을 기대했지만 그뿐이었다. 나는 침대 위와 바닥에 벗어 둔 옷을 허둥지둥 주웠다. 이런저런 잡동사니도 부산스레 치우며 원래는 이렇지 않은데 요즘 좀 바빠서 청소할 틈이 없었다고 변명을 주절주절하다 래미를 봤다. 래미는 감자칩 봉지와 콜라를 야무지게 안고 창가에 서 있었다. 래미 곁으로 가서 창밖을 내다봤다. 사람들은 다 가고 빨간 야구 모자 쓴 할아버지는 여전히 버티고 서 있었다. 경찰에 신고해야 하나? 하는데 아작, 소리가 났다.
 아작아작아작. 래미는 침대에 앉아 감자칩을 먹었다. 나는 책상 의자에 허리를 곧추세우고 앉아 무슨 이야기를 할까 고민했다. 역시 날씨 얘기가 자연스러우려나. 어제도 흐리더니 오늘도 흐렸지? 이건 좀 아닌 것 같은데. 친구랑 단둘이 노는 게 너무 오랜만이라 몹시 어색했다. 아직 친구가 아니기도 했고. 나는 고심 끝에 물었다.
 "우리 게임할래?"
 래미가 콧등을 잔뜩 찡그렸다. 그러자 어째 방 안이 어둑해진 듯했다. 혹시 게임이 싫은가 싶었는데 래미가 아작, 감자칩을 씹더니 말했다.

"해 봐."

래미는 아작아작 감자칩을 먹으며 내가 휴대폰으로 게임하는 걸 구경했다. 게임 이름은 '고양이를 찾아라'. 고양이가 이 집 저 집 돌아다니고 골목골목 누비며 울창한 밀림과 깊은 산, 심지어 우주의 행성들까지 어찌나 종횡무진인지 찾기가 여간 어려운 게 아니었다. 박진감과는 거리가 일만 광년쯤 되는 게임이라 별로 인기는 없었다. 하지만 나는 거의 하루도 빼놓지 않고 했다. 어쩌다 보니 습관이 됐달까. 고양이가 되게 귀엽기도 하고.

"저기, 오늘 내로 찾는 거야?"

아작아작, 감자칩을 씹으며 틈틈이 콜라도 마시며 래미가 말했다. 어어, 그럴걸, 하고 자신 없는 목소리로 중얼거리자 래미는 흐음, 하더니 또 아작, 감자칩을 씹었다. 지켜보는 눈이 있어 긴장해서 더 못 찾겠다. 게다가 래미와 붙어 앉아 머리를 맞대고 있으니 자꾸 신경이 쓰였다. 너무 숨을 크게 쉬지는 않는지, 혹 머리에서 냄새라도 나지 않는지, 어젯밤에 감긴 했지만 래미는 후각이 뛰어날지도 모르고. 갑자기 더워지며 땀이 삐질삐질 났다.

그때 아작, 하더니 래미가 저기 세 번째 야자수 위 카멜레온 옆, 아빠 펭귄 다리 사이, 위에서 열세 번째 액자 속, 스물네 번째 행성 고리, 하면서 순식간에 고양이를 찾아냈다. 고양이 127마리를 찾고 감자칩 세 봉지와 콜라 두 병을 마신 뒤 래미는 집으로 돌아갔다.

그 뒤로 빨간 모자 할아버지가 보이는 날이면 래미는 우리 집에 들렀다. 할아버지가 나타나지 않는 날에도 종종 왔다. 한번은 초인종 소리가 나서 문을 열었더니 커다란 상자가 놓여 있었다. 상자에는 감자칩과 콜라가 가득 들어 있었다. 래미는 내 방에서 감자칩을 먹으며 고양이 찾기 게임을 구경하거나 코코와 놀았다. 아작아작, 소리 사이사이 래미와 나는 이런저런 얘기를 나누기도 했다.

"너는 그러니까 뭐냐, 감자칩을 되게 좋아한다?"

"엄마가 못 먹게 하거든."

"어? 왜?"

"건강에 안 좋대. 우리 아빠도 엄마 몰래 콜라 먹다 들켜서 만날 혼나."

래미네 부모님은 재택근무를 한단다. 엄마는 주얼리 디자이너로 직접 만든 제품을 온라인으로 판매한다. 래미가 알려 준 사이트에 들어가 보니 디자인이 상당히 독특했다. 래미 말로는 핼러윈 시즌에 제일 잘 팔린다고 했다. 왜 그런지 알 것 같았다. 다양한 직업을 전전하는 래미 아빠는 요즘 웹소설 쓰기에 푹 빠졌는데 오래 가지 않을 거라고 했다. 재미도 없고 인기도 없다는 게 래미의 평이었다.

우려와 달리 래미는 점심을 굶지는 않았다. 단백질바와 오렌지주스를 먹는다고 했다. 혹시 다이어트 중이냐고 물었더니 뭔 소리냐는 표정으로 나를 빤히 바라봤다. 하긴 다이어트하는 애가 감자칩과 콜라를 그렇게 먹어 댈 리 없지. 그래서 우리 학교가 다른 건 몰라도 급식 하나는 맛있다는 정보를 전하자 래미가 눈썹 사이를 잔뜩 찌푸리더니 말했다.

"급식 싫어."

표정이며 목소리가 어찌나 단호한지 다시 권할 엄두가

나지 않았다. 래미는 오렌지주스도 싫지만 엄마가 비타민 섭취를 강조해서 어쩔 수 없이 먹고 있단다. 단백질도 중요하므로 아침으로 먹는 것은 우유와 시리얼. 그런데 래미는 시리얼을 바삭하게 먹기 위해 우유를 붓지 않고 따로 먹는다. 나는 죽이 될 정도로 눅눅한 편을 선호한다고 했더니 래미가 가만히 나를 바라보다 우웩, 했다.

"이거 한번 볼래?"

래미는 내가 내민 휴대폰을 들여다봤다. 내가 즐겨 보는 유튜브 채널이었다. 이름은 '내성적인 취미 생활'.

취미의 영역은 종이접기, 퍼즐 맞추기, 목공예, 그림 그리기, 털실로 스웨터 짜기 등등, 중구난방이었다. 어둑한 책상 앞에 앉아 종이를 오리고 나무를 깎는 손만 클로즈업해서 보여 준다. 편집 없이 한 시간 정도 분량이다. 1000 피스 퍼즐은 사흘 만에 완성하고 스웨터는 보름 걸렸다. 영상 내내 말 한마디 하지 않고 자막도 없다. 심지어 '좋아요 꾹, 구독 신청해 주세요!'라는 인사도 없이 끝난다. 그야말로 내성적인 유튜버다. 그런 형편이니 구독자는 서른 명 정도, 줄지도 늘지도 않는다. 솔직히 서른 명이나 되는 게 놀라울 정도다.

"이거 재밌어?"

영상을 들여다보던 래미가 심드렁한 표정으로 물었다.

"재미라기보다는."

"재미는 없지만 어쩐지 매력이 있구나?"

"그것도 별로."

그런데 이런 걸 왜 보란 거야, 하는 얼굴로 래미가 나를 쳐다봤다.

"밤에 잠 안 올 때 보면 잠이 솔솔 온다. 거 뭐냐, 불면증 같은 데 도움이 될걸."

불면증 같은 건 없다고 말한 뒤 래미는 감자칩 한 움큼을 입안 가득 넣고 우걱우걱 씹었다. 밖에서 갑자기 우르릉, 소리가 났다.

그 뒤로 가끔 나는 급식실에 가는 대신 아침에 등교하며 편의점에서 산 샌드위치나 삼각김밥을 먹었다. 소식이 건강에 좋다고도 하고 혼자 점심을 먹는 것도 지겨웠다. 그러거나 말거나 래미는 재빨리 단백질바와 주스를 먹고 엎드렸다. 김밥을 먹다 눈을 돌려 보면 래미는 고개를 빼

꼼 내밀고 내가 먹는 걸 구경하고 있었다. 아이들이 하나둘 교실로 돌아오면 래미는 얼굴을 묻고 자기 시작했다.

래미는 여전히 반 아이들 누구와도 말을 하지 않았다. 그런 래미를 곱지 않은 눈으로 보는 애들도 있었지만 시간이 지나자 래미는 교실 뒤에 걸린 '지켜보고 있다'라고 적힌 급훈 액자와 비슷해졌다. 아무도 래미를 신경 쓰지 않았다. 중간고사를 보기 전까지는 그랬다.

중간고사 성적표를 받자마자 우리 반 1등 유나가 대성통곡했다. 성적이 떨어진 모양이었다. 아이들은 유나를 둘러싸고 달래느라 애썼다. 유나는 공부도 잘하고 분위기 메이커라 인기도 많았다. 그런 유나가 내내 침울하니 반 분위기마저 어수선했다. 그런데 며칠 뒤 유나 엄마를 필두로 학부모 10여 명이 학교를 방문했다. 소식통인 수이가 신나서 전해 준 말에 의하면 부모들이 중간고사 결과에 강한 의혹을 제기했단다. 의혹의 중심은 놀랍게도 바로 래미였다. 래미는 수학과 과학에서 100점을 받았고 그 결과 유나의 등급이 내려갔다. 아마 도미노처럼 다른 애들 등급도 줄줄이 내려갔을 테지만 다행인지 불행인지 나는 전혀 타격을 받지 않았다. 어차피 한 문제로 울고 웃는 건 공부 잘하는 애들 얘기였다. 전체적으로 성적이 부진한 래미가 유독 수학과 과학만 만점을 받은 걸 이해하기 어렵다는 게 아이들과 부모들의 주장이었다. 래미가 부정행위를 했다고 의심했다.

수이 말로는 성적관리위원회가 열려 시비를 가릴 거라고 했다. 이제 누구는 큰일 났다고 아이들은 수군대며 래미를 힐긋거렸다. 과연 담임이 래미를 교무실로 불렀다. 교무실에 다녀온 래미는 늘 그러듯이 바로 엎드려 자기 시작했다. 아이들의 시선을 한 몸에 받은 채 래미는 꿈쩍도 하지 않았다. 아이들이 웅성대는 소리는 갑자기 울린 요란한 천둥소리에 묻혔다. 벼락이 치자 아이들이 비명을 질렀다. 기다렸다는 듯이 소나기가 거세게 퍼붓기 시작했다. 요즘은 일기예보가 참 안 맞았다. 우산도 없는데 걱정이었다. 다행히 집에 돌아갈 때가 되자 비는 그쳤다.

"담임이 가만 보면 실없는 소리를 참 많이 하는 것 같지만 사실 다 실없는 소리야."

그날 나는 넌지시 래미에게 말했다.

"그러니까 담임이 무슨 말을 했든 신경 쓰지 마."

래미는 아작아작 감자칩을 씹더니 말했다.

"왜 다 3번으로 답을 썼냐고 묻던데?"

"그랬어?"

"정답이 3번이 많은 편이잖아."

"어어, 그런데 수학하고 과학은?"

"너무 졸려서. 수학하고 과학만 풀고 나머지는 다 3번으로 찍고 잤어."

"으응?"

"엄마가 꼴등은 하지 말라고 했거든. 상담할 때 부끄럽다고."

"혹시 제대로 풀었으면 전 과목 100점 같은 거 막 맞고 그래?"

래미는 흐응, 하며 어깨를 으쓱했다. 와. 나도 모르게 감탄해 버렸다.

"혹시 너 천재야? 아니면 영재?"

"500년 넘게 학교 다녔으면 코코도 그 정도는 할걸."

에이, 아무리. 래미는 코코를 예뻐하다 못해 너무 과대

평가했다.

"그, 그런데 진짜야? 500년 넘게 학교 다녔으면……, 조, 조상님?"

"뭐래."

"어떻게 학교를 500년이나. 상상만 해도 끔찍하다."

래미는 고개를 젖혀 감자칩 봉지를 입에 대고 부스러기를 탈탈 털어 넣었다. 그러고는 눈썹 사이를 잔뜩 찌푸린 채 말했다.

"언제 우리 집에 올래?"

"어어?"

"보여 줄 게 있어."

래미 옆에 붙어 자던 코코가 깡, 하고 짖었다. 악몽이라도 꾼 모양이었다.

다음 날 래미네 집에 가게 됐다. 마침 빨간 모자 할아버지는 없었다. 래미를 따라 나지막한 울타리 안으로 들어갔다. 말라 죽은 나무 아래로 잡초가 무성한 마당을 가로지르며 가슴이 두근거렸다. 고백하자면 나는 현관문 앞에서 잠시 고민했다. 이거 호랑이 굴에 제 발로 들어가는 격 아닌가. 영화에서 보면 뱀파이어의 초대를 받고 무사한 사람이 거의 없던데. 하지만 망설일 틈도 없이 집 안으로 후다닥 뛰어 들어갔다. 저만큼 다가오는 빨간 모자가 보였기 때문이다.

커다란 소파, 탁자, 장식장, 벽에 걸린 그림. 나는 잘 정돈된 거실을 두리번거렸다. 뭘 기대했는지 모르지만 약간 실망스러웠다. 우리 집이나 별다를 게 없었다.

"아무도 안 계셔?"

왠지 모르게 소곤소곤 말하게 됐다.

"엄마는 지하실에서 작업 중이고 아빠는 자고 있을 거야. 밤에 영감이 잘 떠오른대."

머릿속에 떠오른 세 개의 관을 밀어내며 나는 래미를 따라 2층으로 올라갔다.

"우와."

방문을 열자마자 절로 탄성이 터졌다. 나도 어지르는 데는 소질이 있는 편인데 래미에 댈 바가 아니었다. 이렇게 다채롭게 엉망진창인 방은 처음이었다.

천장에서 주렁주렁 늘어진 정체불명의 덩굴을 헤치며 래미가 발로 휘저어 낸 길을 따라 조심스레 방 안으로 들어갔다. 창에 두꺼운 커튼이 드리워져 있어 방 안이 어둑했다. 어둠에 눈이 익자 총체적 난국이 구체적으로 드러났다. 벽을 따라 탑처럼 쌓아 놓은 책들이 무너져 바닥을 덮었고 여기저기 대충 놓인 종이 상자에서는 내용물들이 탈출 직전이었다. 이상한 냄새를 풍기는 플라스틱 통이 굴러다니고 정체를 굳이 알고 싶지 않은 잡다한 것들이 잔뜩 널려 있었다. 어지러운 가운데 작은 침대와 옷장, 책상과 책장이 간신히 자리 잡고 있었다. 가까스로 1인용 소파라고 알아본 곳 위에도 산더미처럼 옷이 쌓여 있었다.

"그, 그니까 아직 이삿짐을 다 못 푼 모양이다?"

대답 대신 래미는 책상 맨 아래 서랍을 열어 감자칩 두 봉지와 콜라 두 캔을 꺼냈다.

"어, 얘가 그 장수한 고양이? 아, 아니 31년밖에 못 산 고양이?"

나는 책상 위에 놓인 액자 속 그림을 가리키며 물었다.

"맞아, 카산드라야."

온몸이 까맣고 눈이 맑은 호박색으로 빛나는 귀여운 고양이였다. 그런데 왠지 낯이 익었다. 하긴 까만 고양이가 거기서 거기 아니겠나, 하다 또 이상했다. 책상 위는 웬일인지 티끌 하나 없이 깨끗했다. 게다가 책상 역시 어딘지 익숙했다. 몹시 거대하고 사뭇 고풍스러운 짙은 색 나무 책상. 흔한 디자인은 아닌데 하다가, 깨달았다.

책장에 책 대신 가지런히 놓인 목각 인형, 벽 가득 걸린 고양이 그림, 소파 위에 쌓인 털 스웨터, 천장을 타고 넝쿨처럼 늘어져 있는 종이 모빌. 나는 발바닥에서 퍼즐 조각을 떼어 내며 물었다.

"내성적인 취미 생활?"

래미가 아작, 감자칩을 씹었다.

믿기지 않았다. 오직 보이는 건 두 손뿐, 과묵하고 내성적이기 짝이 없는 유튜버가 서른 명 구독자 중 하나인 내 앞에 정체를 드러내다니. 이게 말이 돼? 놀란 마음이 진정되기도 전에 래미가 뜬금없는 소리를 했다.

"먹방을 하겠다고? 갑자기? 왜?"

"그야 먹방이 인기니까."

어이가 없었다. 그렇게 내성적인 영상만 찍어 댄 주제에 구독자 수를 신경 쓰고 있었다니. 아니, 그보다 구독자 수를 늘리는 확실한 방법이 있는데.

"너 바보냐? 넌 이미 인기 유튜버가 될 확실한 자질이 있잖아."

"그게 뭔데?"

"그러니까, 거 뭐냐, 캐릭터가 확실하잖아. 뱀파이어가 진행하는 방송이라면 물구나무를 서도 인기 있을걸."

"물구나무 싫은데."

"아니, 말이 그렇단 거지. 뱀파이어 방송이라고 확실하게 어필하면 게임 끝이야. 채널 제목부터 바꾸자. 뱀파이어의 먹방? 이건 너무 평범하고. 아무튼 제목에 뱀파이어는 꼭 넣어야 돼. 먹지만 말고 말도 좀 하고. 말이야 연습하면 또 차차 늘지 않겠냐? 천만 유튜버 가 보자!"

아작, 하고 래미가 감자칩을 씹더니 그건, 안 돼, 하고 말했다.

"먹는 건 너니까. 난 요리를 할 거야."

"왜?"

"좀 번거롭긴 하지만 가끔 요리도 취미로 하고 있거든."
"아니, 그게 아니라 왜 내가 먹냐고?"
"좋아하는 동물이 뭐야?"
"브라키오사우루스. 그건 왜 묻는데?"

래미는 대답 대신 아작아작, 감자칩만 씹을 뿐이었다.

며칠 뒤 래미는 모든 게 준비됐으니 집으로 가자고 했다. 무슨 소린지 모르지만 일단 따라갔다. 요전처럼 정글 속을 뚫고 책상 앞에 가까스로 도착했다.

책상 위에 커다란 냄비를 얹은 휴대용 버너가 놓여 있었다. 정말로 요리를 할 셈인가. 래미는 미리 설치한 카메라를 점검하고 플레이 버튼을 누른 뒤 버너에 불을 켰다. 도대체 냄비 속에 뭐가 들었는지 궁금해 죽을 지경이지만 한편으로 절대 알고 싶지 않은 마음도 굴뚝 같았다. 래미 말에 의하면 먹는 건 나니까. 상상하지 않으려 해도 떠올랐다. 냄비 안에 가득한 정체불명의 재료와 흥건한 붉은색 액체. 나는 고개를 세차게 저었다.

잠시 뒤 냄비에서 하얀 김이 솟아오르기 시작했다. 그 순간 래미가 손에 칼을 쥐고 나를 돌아봤다.

그날 밤, '내성적인 취미 생활' 채널에 새 영상이 올라왔다. 영상에는 길쭉한 목이 달린 누더기를 뒤집어쓴 괴생명체가 라면을 먹고 있다. 기다란 목을 이리저리 흔들흔들하는 괴생명체는 지옥에서 올라온 듯 끔찍했지만, 그게 바로 나라는 사실이 더 무서웠다. 그나마 얼굴이며 몸을 온통 다 가려 우리 엄마도 못 알아보리라는 게 다행이랄까.

노선을 이탈해 폭주하는 열차, 그게 바로 래미였다. 래미는 휴대용 버너로 줄기차게 요리를 해 댔다. 별수 없이 나는 공룡 탈을 뒤집어쓴 채 꾸역꾸역 먹었다. 래미는 요리에 소질이 어지간히 없었다. 퉁퉁 불어 터진 면에 파를 잔뜩 썰어 올린 라면은 그야말로 악몽이었다. 이건 먹방이라기보다 암살 시도가 아닌가 심히 의심됐다. 덕분에 나는 식욕과 미각을 잃었다. 덜 익은 달걀 열세 개를 구역질을 두 번 한 끝에 먹고 난 뒤로 며칠 동안은 아무리 양치를 해도 속에서 닭똥 냄새가 올라왔다. 까맣게 타서 숯이 된 소시지 네 개를 가까스로 먹은 날은 밤에 자다 가위눌려 깼다. 래미가 반죽 조절에 실패해 핫케이크를 137장이나 구운 영상은 조회 수 100회가 넘었지만 구독자는 두

명 늘고 끝이었다. 래미는 별로 신경 쓰지 않았다. 인기 유튜버가 되고 싶은 게 맞나 싶었다.

"500년 넘게 진짜 지루했는데 이제야 좀 재밌어지려고 한다."

길쭉한 목을 가누지 못해 비틀거리다 벌렁 나자빠진 나를 보고 래미는 말했다. 그러고는 허리를 접고 큭큭큭, 풍선 바람 빠지는 소리를 내며 웃었다. 래미가 그렇게 웃은 건 처음이었다. 타인의 불행을 기쁨으로 삼다니 어이가 없었다.

그래도 밤마다 나는 기다렸다. 휴대폰에 새 영상이 올라왔다고 알람이 울리면 부리나케 확인했다. 브라키오사우루스가 찐 옥수수를 와구와구 먹는 장면은 꿈에 나올까 무서웠다. 하지만 보다 보면 나도 모르게 피식 웃음이 났다.

저녁을 먹고 있는데 초인종이 울렸다. 집 근처 카페 사장님이었다. 밖에서 사장님과 얘기하고 들어온 엄마가 아빠와 내게 전단지를 보여 줬다. 카페에서 키우는 고양이들이 없어졌단다. 연한 치즈색과 검은색 고양이 형제는 무척 귀여워서 카페의 마스코트로 유명했다. 고양이들은 카페 안에서 지내다 심심하면 마당으로 놀러 나가는데 사흘 전 나가서 보이지 않는단다.

"뭐야, 요즘 가출이 유행이야? 뒷집 개는 찾았나?"

아빠 말대로 뒷집 강아지도 며칠 전에 집을 나가서 주인을 애태우고 있었다. 실수로 열린 현관문으로 나간 모양이라고 했다. 산책길에 종종 코코와 인사를 나누던 강아지라 나도 마음이 쓰였다. 엄마가 고개를 돌려 어둑한 창밖을 바라보다 내게 물었다.

"앞집 애랑 친해?"

나는 잠시 망설였다. 왜인지는 잘 모르겠다.

"그냥 뭐, 같은 반이니까. 왜?"

"잘 모르는 사람들……이니까."

"그럼 인사하고 알고 지내면 되지."

엄마 표정이 어색해지더니 말했다.

"카페 사장님 말씀이 요새 동네 분위기가 안 좋대. 그러니까 너도 조심해."

"뭘 조심해?"

"뭐 이것저것. 조심해서 나쁠 건 없지. 우리 코코도 조심하자."

엄마가 내 눈을 피하며 잠든 코코를 쓰다듬었다. 나는 창밖을 내다봤다. 길 건넛집은 불빛 하나 없이 어둠에 잠겨 있었다.

얼마 뒤 동네가 발칵 뒤집혔다. 또 사라졌다. 이번에는 초등학생이었다. 아이는 친구들과 논다고 나갔다가 집에 돌아오지 않았다고 한다. 이상한 점은 함께 놀았다는 아이들이 없고 거리 CCTV 어디에도 아이 모습이 찍히지 않았다는 거다. 경찰들이 동네를 수색했고 우리 집에도 찾아와 사라진 아이에 관해 물었다. 길 건넛집 앞에는 빨간 야구 모자를 쓴 할아버지가 종일 골프채를 휘두르며 소리 질렀다. 아무도 말리지 않았다.

반 아이들이 래미를 괴롭히기 시작한 건 그때부터였다. 등교하니 래미 책상에 '흡혈귀 살인마'라는 글씨가 붉은색으로 커다랗게 쓰여 있었다. 책상 서랍은 마늘로 가득하고 십자가와 깨진 거울 조각이 들어 있기도 했다. 래미는 등에 욕설이 쓰인 종이가 붙은 것도 모른 채, 여전히 태평하게 잠만 잤다. 날이 갈수록 괴롭힘은 점점 더 심해졌다. 쉬는 시간에는 엎드린 래미를 향해 온갖 것이 날아왔다. 지우개 조각, 쓰레기, 교과서, 실내화, 크고 작은 다양한 공 등. 농구공이 래미의 머리를 맞췄을 때는 함성이 터졌다. 그 순간 창밖으로 벼락이 치고 때마침 수업 시작 종이 울렸다.

수업이 끝난 뒤 가방에 마늘을 쑤셔 넣고 교실을 나왔을 때였다. 남자애들 대여섯이 떠들썩하게 웃으며 쏜살같이 나를 지나쳐 복도를 달려갔다. 마치 사냥감을 노리는 하이에나 떼 같았다. 왠지 이상한 예감에 따라 달렸다. 복도 끝, 막 계단을 내려가는 래미가 보였다.

하이에나 떼가 래미를 향해 전속력으로 돌진했다. 래미 몸이 튕겨 나가 허공에 붕 떴다. 내가 지른 비명이 복도를 울리고 하이에나 떼의 왁자한 웃음이 터졌다.

그 순간이었다. 검은 그림자가 천천히 천장을 뒤덮더니 커다란 박쥐가 솟구쳐 날아올랐다. 박쥐는 하이에나들을 향해 거대한 날개를 퍼덕였다. 하이에나 떼는 뒷걸음치다

주저앉아 벌벌 떨었다. 박쥐는 한동안 하이에나 떼 위를 맴돌다 그대로 열린 창으로 날아가 버렸다. 한참 뒤에 바지가 푹 젖은 채로 오줌 자국을 남기며 남자애들은 어기적어기적 내뺐다. 나는 창밖으로 고개를 내밀었으나 박쥐는 사라지고 없었다. 다음 날부터 래미는 학교에 나오지 않았다.

  자다가 요란한 사이렌 소리에 눈을 떴다. 벌떡 일어나 창밖을 내다봤다. 거리에 연기가 자욱했다. 코코가 흥분해서 이리저리 날뛰며 짖었다. 엄마가 내 방으로 뛰어 들어와 나를 껴안았다. 코코를 안고 엄마를 따라 정신없이 아래층으로 내려가자 아빠가 현관문 사이로 내다보고 있었다. 소방차가 시뻘건 불을 향해 세차게 물을 뿜고 있었다. 래미네 집이다. 뛰쳐나가려는 나를 아빠가 붙잡더니 문을 걸어 잠갔다.
  다행히 불은 금방 꺼졌다. 소방차와 구급차가 떠나고 구경 나왔던 사람들도 집으로 돌아갔다. 나는 창밖으로 길 건너를 지켜보았다. 어둠에 잠긴 거리는 아무 일도 없었다는 듯이 조용했다.

 다음 날 눈을 뜨자마자 래미네 집으로 갔다. 나무 울타리는 흔적도 없이 사라지고 나무들이 숯으로 변한 마당은 흠뻑 젖어 질척거렸다. 건물 외벽이 온통 꺼멓게 그을려 매캐한 냄새가 풍겼다. 초인종을 눌렀지만 문은 열리지 않았다. 고개를 들어 2층 래미 방을 올려다보았다. 두꺼운 커튼 너머로 아무것도 보이지 않았다.

 화재 사건으로 반은 술렁였다. 우리 동네에서 드물게 일어난 화재였으므로 그럴 만도 했다. 수이는 아이들을 모아 놓고 어른들에게 들은 이야기를 전하느라 분주했다.

 "진짜 이상하단 말이야. 멀리서도 보일 정도로 어마어마하게 큰 불이었는데 집은 멀쩡한 거야. 더 이상한 건, 소방관들이 집 안으로 들어갔는데 어땠는지 알아?"

 아이들이 침을 삼키며 수이 말을 기다렸다.

 "집 안이 텅 비어 있더래."

 수이가 반응을 살피더니 만족한 듯 말을 이었다.

 "그게 어떻게 된 일이냐면, 불이 활활 타오르고 있을 때 시커먼 연기를 가르고 커다란 박쥐 떼가 집에서 나와 순식간에 날아가 버렸대. 본 사람이 한둘이 아니야."

헐, 아이들이 동시에 외쳤다.

나는 래미 자리를 바라봤다. 그리고 일어나 책상에 적힌 낙서를 지우기 시작했다. 아이들이 잠자코 나를 지켜봤다. 누군가 던진 야구공이 내 발치에 떨어졌다.

나는 인터넷에서 화재 사건이 짧게 보도된 뉴스를 찾았다. 멀리서 찍은 집 사진은 분명 래미네 집이었다. 신속하게 출동한 소방대원들의 진화로 다행히 인명 피해 없이 집 외부 벽이 그을린 정도의 가벼운 화재로 끝났으며 경찰이 화재 원인을 조사 중이라고 했다. 그리고 최근 뱀파이어족을 겨냥한 방화 사건이 곳곳에서 일어나고 있어 우려된다는 뉴스도 발견했다.

며칠 뒤 사라진 초등학생의 부모가 아동 학대 혐의로 체포되었다. 경찰이 정신을 잃은 아이를 안방 옷장 안에서 찾았다. 병원으로 이송된 아이 몸에 멍과 상처가 많았다고 했다. 뒷집 강아지는 온몸에 흙과 풀씨를 묻히고 꼬리를 붕붕 흔들며 제 발로 집을 찾아왔다. 고양이들도 어느 틈에 무사히 돌아와 카페 안에서 늘어지게 낮잠을 잤다. 래미는 여전히 결석 중이었다. 유튜브에 새 영상이 올라왔다는 알람도 울리지 않았다.

한밤중에 잠이 깼다. 코코가 창가에 코를 대고 낑낑대고 있었다. 나는 일어나 창밖을 내다보았다. 달도 없이 컴컴했다. 길에 트럭이 서 있었다. 집 안에서 가구와 짐들이 하나하나 옮겨졌다. 마지막으로 커다란 관 세 개가 트럭에 실렸다. 트럭이 떠나고 나자 그림자 세 개가 집 안에서 천천히 나왔다. 사라지고 없는 울타리 근처에 잠시 멈춰 주위를 둘러보더니 그림자는 트럭이 간 방향으로 걷기 시작했다. 코코가 창을 향해 구슬피 울었다.

나는 창을 열었다. 차가운 공기가 밀려들었다. 그림자 하나가 멈춰 서서 내 방 창을 올려다보았다. 나는 손을 들어 가만히 흔들었다. 잠시 뒤 그림자는 길모퉁이를 돌아 사라졌다.

나는 여전히 밤마다 침대에 누워 유튜브를 검색했다. '내성적인 취미 생활'은 사라져 찾을 수 없었다. 코코가 침대로 올라와 이제 자자고 보챘다. 코코를 쓰다듬어 재우고 창에 커튼을 치러 일어났다. 달빛이 길 건너 빈집을 비쳤다. 고개를 들자 유독 환하고 둥근 달이 떠 있었다. 그때 나는 봤다. 커다란 은빛 원 속으로 뭔가 날개를 퍼덕이며 날아들었다. 마치 아래를 내려다보듯 달 주위를 맴돌며 천천히 날던 그것은 점점 흐릿해져 마침내 작은 점이 되어 사라졌다. 멀리 검푸른 하늘을 나는 한참 바라보았다. 아마 잘못 보았을 것이다.

그 순간 휴대폰 알람이 울렸다. 나는 재빨리 유튜브에 접속했다. 추천 영상을 살펴보다 그중 하나를 재생했다. 자던 코코가 낑낑거리며 내 품으로 파고들었다. 나는 동영상에서 눈을 떼지 못했다. 어둑한 방 안, 기다란 목을 이리저리 흔들며 브라키오사우루스가 아작아작아작 감자칩을 먹고 있었다. 혀로 연신 내 눈물을 핥는 코코를 껴안고 나는 가만히 웃었다. 동영상이 끝나자 구독 신청 버튼을 눌렀다. '내성적인 뱀파이어' 채널의 첫 번째 구독자였다.

........

몇 해 전 마당 있는 집으로 이사했다. 오랫동안 비어 있던 마당의 주인은 따로 있었다. 나뭇가지로 날아드는 새와 땅속의 벌레, 잠시 머물다 가는 고양이 들. 그들에겐 내가 갑자기 나타난 침입자였을지도 모른다. 작은 손님들이 마당에 오면 깨끗한 물과 밥을 대접하고 혹 두려워할까 싶어 집 안 커튼 뒤로 숨어 지켜보았다. 어느 날부터 어린 고양이 한 마리가 나를 보면 꼬리를 세워 바르르 떨며 달려왔.

그렇게, 어쩌다 보니 네 마리 고양이와 살게 되었다. 이전에 나는 고양이에 아무런 관심이 없었다. 고양이에 관해 내가 아는 바는 귀엽게 생겼고 쥐를 잘 잡는다는 게 전부였다. 함께 지내다 보니 이 작은 생물체를 조금씩 알게 되었다. 독립적이고 쌀쌀맞으며 다소 제멋대로라는 소문과 달리 고양이는 늘 관심과 애정을 기울여야 하는 아기 같은 존재였다. 간혹 쌀쌀맞을 때도 있지만 그건 내가 뭔가 실수나 잘못을 했기 때문이었고 열심히 사과하면 어느 틈에 내 곁에 궁둥이를 착 붙이고 골골거렸다. 다소 제멋대로이지만 고양이 나름의 이유가 있으리라 짐작한다. 고양이 입장에서는 인간이 제멋대로라고 생각할 수도 있다. 우리는 그렇게 서서히 가까워졌다.

이제는 고양이가 꼬리를 세워 바르르 떨며 내게 다가오는 게 무슨 의미인지 안다. 몹시 기분이 좋고, 어쩌면 털도 꼬리도 없는, 괴상한 모습의 큰 고양이가 좋다는 의미일지도. 나는 고양이 모양을 한 작은 세계를 보듬어 안는다. 그 세계는 무척 부드럽고 다정하다.

아직도 전부를 알지는 못한다. 시간과 진심을 들여 서서히 이해하려 노력할 뿐. 모든 존재가 그럴 것이다. 아마 인간도, 그리고 이 세계도.

최상희

# 나만의 리미트

연여름

오븐을 열자 빵 냄새가 더욱 짙게 진동했다. 커다란 사각 팬 가득 노릇한 갈색빛으로 잘 부풀어 오른 골디는 오늘 우리의 저녁 식사였다.

톨로라는 이름의 허브와 소금 약간만 들어간 골디는 평범한 식사용 빵이지만 오늘따라 먹음직스러워 보였다. 며칠 입맛이 없었는데 톨로 향이 이제야 식욕을 좀 깨우는 것 같았다.

엄마는 잠시 식힌 빵을 모두 여덟 등분으로 잘랐다. 절반은 우리 몫으로 덜어 두고 나머지는 접시 네 개에 나누어 담아 이웃집에 가져다주라고 했다. 장례식 후 구운 첫 번째 골디를 온기가 식기 전 이웃과 나누어 먹는 것이 할머니 고향의 전통이라면서. 생전 할머니가 고향이나 예전 이야기를 할 때면 지겹다는 듯 고개를 젓던 엄마가 그런 말을 하다니 의외였다.

"네 할머니는 리미트에서 만나자마자 아마 그것부터 물어볼 거야. 내 장례식 끝나고 골디를 나눠 줬니? 톨로는 제대로 넣었고? 하고."

아무리 사이가 소원했던 모녀라 해도, 할머니와의 리미트 첫 대면에서 '요즘 세상에 그런 걸 대체 왜 해요.' 같은 불만으로 대화의 문을 열고 싶지는 않은 모양이었다.

'리미트(Re-meet)'는 사망한 사람의 의식을 보존하는 마인드 업로딩 시스템의 이름으로 23세기형 납골당이라고도 부른다. 비록 생전 기억 기반의 알고리듬을 통한 소통이지만, 유족은 망자가 보고 싶거나 이야기를 나누고 싶을 때 언제든지 리미트에 접속해 대화할 수 있다. 좋아하는 책을 들춰 보거나, 박물관 또는 유적지를 찾는 것과 어쩌면 비슷했다.

오래전의 장례식이란 집안의 꽤 커다란 행사였다고 한

다. 그런데 유족의 슬픔이나 고통, 후회를 크게 경감해 주는 리미트 시스템이 반세기 전부터 선풍적 인기를 끌었다. 도시 인구 대다수가 리미트를 이용하게 되면서, 장례식은 행정 센터에서 서류 정리를 하며 간소하게 진행하는 형식적인 절차로 변했다고 수업 시간에도 배웠다.

나흘 전, 병원에서 돌아가신 할머니의 의식도 며칠 내 리미트 데이터센터에 등록될 거다. 절차가 마무리될 때까지 나와 엄마는 여기, 그러니까 할머니가 살던 엘더 시티 52구의 공동주택에 머물기로 했다.

엄마는 이번 주 휴가를 받았고 나는 여름방학이었다. 리미트에 할머니의 의식을 등록하는 절차가 승인되었다는 통보를 받으면 할머니의 물건을 정리한 뒤 우리가 사는 17구로 돌아갈 예정이었다.

나는 할머니네 옆집과 그다음 집, 그리고 맞은편의 문을 차례로 두드려 505호 라나 씨의 손녀라고 소개한 뒤 아직 따뜻한 골디를 건넸다. 최근 한 달은 고등학교 입학 시험 준비로 바빠 못 왔지만, 사실 나는 엄마보다 할머니 집에 자주 들렀기 때문에 같은 층 이웃의 얼굴은 거의 다

알았다.

 이웃들은 라나 씨가 그리울 거라고 조의를 표하며 골디를 고맙게 받았다. 단, 느지막하게 열린 네 번째 현관의 이웃만 빼고.

 501호 문틈으로 나타난 낯선 여자애는 내가 든 접시를 애매하게 쏘아볼 뿐이었다. 나이는 나와 비슷해 보였지만 키는 한 뼘 이상 컸고 빨간 머리카락이 선명했다.

 톨로의 향은 호불호가 있다고 할머니에게 듣긴 했는데 이 향이 반갑지 않은 모양이었다. 최근 새로 이사 온 집일까. 그 순간 어떻게 해야 할지 난감했다.

 할머니라면 어떻게 했을까. 싫은 걸 무리해서 받을 필요는 없다고 했을까, 아니면 이것도 작은 모험이니 이왕 가져온 거 맛이나 보라고 했을까.

 이럴 때 리미트 속 할머니에게 물어보면 딱 좋을 텐데 하는 생각이 들었지만 이 빵이 식기 전에 그럴 수 있는 가능성은 없었다. 마음이 조급해졌다. 게다가 완전히 낯선 사람과의 대화도 나에게는 큰 부담이었다.

 "어, 엄마가, 드리라고."

나는 접시를 거의 밀어 넣다시피 그 애에게 건넸다. 정작 중요한 할머니 이야기를 쏙 빼놓고 못 했다는 사실은 할머니 집에 돌아와 저녁 식탁에 앉았을 때야 깨달았지만 이미 늦은 시점이었다.

다음 날 집으로 돌아온 접시는 세 개였다. 아직 돌아오지 않은 접시가 어느 이웃일지는 어쩐지 짐작이 갔다.

뉴온 시티의 중심가, 리미트 코퍼레이션 1층에 마련된 전시관은 리미트 개발 과정과 역사에 관한 생생한 자료는 물론, 마인드 업로딩이 된 홀로그램과 대화를 체험해 볼 수 있는 부스 등으로 화려하게 구성되어 있었다. 입이 딱 벌어지는 규모와 프로그램이었다. 덕분에 유족 안내 센터에 상담하러 들어간 엄마를 기다리는 시간이 지루하지는 않았다. 체험 부스에서 만날 수 있는 홀로그램은 내가 원하는 연령대와 성별, 인종, 언어로 개별 설정이 가능했다. 배경으로 날씨, 공간, 조명 상태도 고를 수 있었다.

나는 아이스크린을 착용하고 안내 음성을 따라 할머니와 비슷한 홀로그램이 나오도록 적용해 보았다. 엄마는 이틀 전 1차 유족 상담에서 의무 시연에 참여했지만 나는 처음이라 약간 긴장됐다. 설정을 완료하자 내가 고른 날씨에 맞게 배경으로는 소나기가 내렸고, 몇 초 후 한 사람이 우산을 펴고 천천히 걸어와 내 앞에 섰다. 라나 할머니와는 완전히 다른 사람이었지만 몸의 형태, 걷는 움직임, 부드러운 표정이 진짜 사람 같아 살짝 소름이 돋았다. 만질 수 없다는 걸 알면서도 나도 모르게 손이 뻗어 나가 순간 아차 했다.

할머니의 홀로그램이 예전부터 나를 알아 온 것처럼 친근한 미소를 지으며 '이렇게 또 보니 좋구나. 오늘은 어떻게 지냈니?' 하고 물었다.

"그럭저럭요. 아직 슬퍼요. 엄마는 담담한 척하곤 있는데, 뭐 그렇죠."

대답이 술술 나왔다. 이 할머니 역시 낯선 사람이지만 홀로그램이라는 걸 알기 때문일까. 아마 진짜 사람이었다면 말을 더듬었을지도 모른다.

우리 할머니와도 곧 이렇게 대화할 수 있다고 상상하자 기분이 묘했다. 유족이 실제로 이용하는 만남관은 이 건물 11층에 있었다.

한 시간 뒤, 2차 상담을 마치고 내려온 엄마는 표정이 어두웠다. 마인드 업로딩 관련해서 추가로 상의할 내용이 생겼다는 연락을 받고 급히 방문한 건데 뭔가 문제가 생긴 모양이었다. 엄마가 말했다.

"할머니의 마인드 업로딩 진행을 중단해야 한다고 해서, 이의 제기하고 재심사를 요청했어."

진행 중단이라는 말에 나는 깜짝 놀랐다.

"왜?"

"글쎄, 네 할머니, 리미트 비동의 서약서를 미리 써 뒀다는 거야."

리미트 측은 등록 심사 중 할머니가 생전에 작성해 둔 마인드 업로딩 비동의 서약서를 발견했다. 유족에게 재심사를 요청할 권리는 있지만 고인의 뜻보다 우선하여 통과되는 경우는 극히 드물다고 했다.

당장 내일이라도 할머니의 홀로그램과 마주할 수 있다고 믿었는데, 엄마는 할머니의 사고 소식을 들었을 때만큼 큰 충격을 받은 듯했다.

"엄마는 항상 이렇다니까. 우리랑 한마디 상의도 없이 어떻게……. 웨이, 너는 혹시 알고 있었니?"

화살이 나를 향했다.

"아니."

정말이었다. 내가 엄마보다 할머니를 더 자주 만나긴 했어도 리미트 비동의 서약서 같은 이야기는 한번도 한 적이 없었다.

엄마와 할머니는 평소 의견 차이가 컸다. 대화가 5분만 넘어가도 목소리가 경쟁하듯 높아지다가 결국 싸늘한 침묵으로 빠지기 일쑤였다. 그러다 보니 엄마는 할머니 얼굴을 보면 오히려 불효자식이 된다며, 만나러 오는 횟수를 점점 줄였고 결국 나 혼자만 보내는 일이 많아졌다.

아니, 나를 보냈다기보다 가는 걸 막지는 않았다고 하는 편이 더 어울릴지도 모른다. 엄마는 나를 통해 그렇게 할머니의 일상과 느슨하게 이어져 있는 방법을 택했으면서도, 할머니가 나에게 불필요한 영향을 미치진 않을까 늘 우려했다.

엄마는 나에게 고등학교는 반드시 뉴온 시티로 진학해

야 괜찮은 직업을 얻을 수 있다고 강조해 왔다. 하지만 할머니는 '나는 학교 다닐 때 출석 일수를 다 채운 적이 없지만, 학교에 안 가거나 못 간 시간에도 좋은 기억이 많단다.'라고 말하는 사람이었기 때문이다.

엄마에게 뉴온 시티에서의 삶은 오랜 염원이었다.

우리가 사는 엘더 시티는 한 세기 전 곳곳의 기후난민이 모여 자연스레 형성된 도시로 1구부터 89구까지 대부분 오래된 생활 방식 그대로 살아가고 있다. 반면 뉴온 시티는 유명한 다국적 건설회사가 '지금, 온 세상과 연결된 기분'이라는 슬로건을 내세워 엘더 시티의 일부를 허문 공간에 세운 계획도시다.

중앙 인공지능 행정을 기반으로 하는 뉴온 시티에서는 교육과 회사 업무를 비롯한 기본적 의사소통은 물론 크고 작은 일상 속 사교가 모두 아이스크린을 통해 자기만의 공간에서 이루어진다.

터치 조작 몇 번으로 물리적인 이동을 위해 불필요하게 버려지는 시간과 노동력을 줄이면서, 궁극의 소통을 실현하는 도시. '지금, 온 세상과 연결된 기분'에 어울리는 생활 방식이었다.

리미트는 뉴온 시티 행정의 일부지만 유일하게 엘더 시티 시민에게도 허용되는 시스템이다. 이게 가능했던 건 뉴온 시티 설계 초기, 엘더 시티에 속한 땅을 내어 준 대가였기 때문이다.

엄마는 현재 우리가 이용할 수 있는 단 하나의 혜택을 통해 할머니의 의식을 지키고 싶은 거다. 그리고 생전 할머니와 친밀하게 못 지냈던 아쉬움을 리미트로 해소하고 싶었는지도 모른다.

"그럼 할머니랑 얘기 못 하게 될 각오도 해야겠네."

기대했던 대화를 일방적으로 차단당한 듯해서 씁쓸한 마음은 나도 어쩔 수 없었다.

"아직은 몰라."

"재심사 결과는 언제 나오는데?"

"그것도 잘 몰라. 2, 3일 걸리는 건도 있고 길면 몇 주 걸리기도 한대."

엄마는 재심사 일정과 상관없이 주말엔 우리 집으로 돌아갈 거라고 했다. 서두르는 이유는 묻지 않아도 알았다.

다음 주부터 나는 뉴온 시티에 있는 고등학교 세 군데에 가서 면접을 봐야 했다. 재미있게도 그 면접은 아이스크린이 아니라 실제 면접으로 진행된다. 그리고 뉴온 시티는 할머니 집인 52구보다 우리가 사는 17구에서 훨씬 가깝다.

17구는 엄마의 삶에서 뉴온 시티와 가장 가까이 닿을 수 있는 최선의 거리였다. 엄마는 내가 엘더 시티를 벗어나 자신처럼 고생하지 않기를 바라고 있다.

우리는 할머니 짐을 정리하기 시작했다. 먼저 17구 집으로 가져갈 것과 공공기관에 기부할 것, 버릴 것을 나누는 작업부터였다.

엄마가 거실 겸 부엌을, 나는 할머니 방을 맡았다. 엄마는 우리도 공간이 넉넉하지는 않으니 잘 생각해서 꼭 가져가야 할 것만 선별하라고 했다.

쉽지 않은 일일 것 같았다. 할머니는 이 공동주택에서만 40년 넘게 살았고 그만큼 세월을 함께 보낸 물건이 많았다.

방에 들어가 옷장을 먼저 열었다. 하나같이 세월이 느껴지는 옷가지 중에서 나는 가장 눈에 익은 민트색 카디건과 연한 잿빛 스카프를 꺼냈다. 이건 1순위였다. 이 둘이라면 언제든 할머니의 얼굴과 목소리를 순식간에 떠올릴 수 있었으니까.

그다음으로 낡은 장신구, 문구류 가운데 몇 개를 골랐다. 할머니가 읽던 오래된 종이책도 많았다. 그중 특별히 나의 흥미를 끄는 제목은 안 보였다. 사실 책이라면 내 데이터 클라우드에 훨씬 많아서 괜히 무겁게 챙길 필요는 없었다.

그런데 수납장 중간을 차지한 제목이 없는 책자 한 무더기가 눈에 들어왔다. 두께 1센티미터 정도로 어림잡아 스무 권은 되어 보였다. 뭔지 궁금해 한 권을 꺼내 열어 보니, 인쇄된 글자가 아닌 손으로 직접 써 내려간 글씨가 한 페이지를 채우고 있었다.

할머니 필체였다.

아직 절반 정도만 채워진 노트였는데, 마지막 페이지에 적힌 날짜는 겨우 보름 전이었다. 할머니가 상점 계단에서 넘어지는 사고가 있던 날의 전날이었다. 날짜 뒤에 쓰인 문장은 '새로 이사 온 아이와 드디어 인사했다. 눈인사였을 뿐이지만. 이름은 뭘까?'였고 그 이후는 백지였다.

노트를 좀 더 앞으로 넘겨 보았다. 내가 마지막으로 다녀갔던 날짜에는 그날 우리가 나눈 이야기가 적혀 있었다. 입학시험을 앞둔 내 스트레스와 하소연 뒤에 '웨이라면 잘 해내고도 남지.'라는 할머니의 격려가 이어졌다.

내가 다른 날보다 기운이 없어 보여 걱정이 많이 됐다는 말, 내가 돌아간 뒤 최근 이례적인 폭우로 거주 불가 지역이 된 74구에 대하여 관리인 아저씨와 대화를 나눈 것, 할머니가 어린 시절 고향에서 겪었던 물난리로 친구를 잃어버렸던 오래된 슬픔 같은 내용도 있었다. 모두 이 노트에서 읽지 않았다면 알지 못했을 것들이었다.

그때 엄마가 방으로 들어왔다. 손에는 크기가 다른 빈 상자 두 개가 들려 있었다.

"이거 필요하지, 웨이? 어떤 걸로 할래?"

아무래도 큰 게 나아 보였다. 할머니 일기를 전부 담으려면.

아직 돌아오지 않은 접시를 받으려고 501호 문을 두드리려 할 때였다. 옥신각신하는 소리가 계단을 타고 올라오기 시작했다.

곧 모자를 눌러쓴 빨간 머리카락의 그 애가 남자 어른에게 어깨를 붙잡힌 채 나타났다. 여자애와 꼭 닮은 남자는 화가 단단히 난 얼굴이었다.

"진짜 아니라니까."

여자애가 팔을 휘저으며 반박했다.

"시끄러워. 이제 일주일 외출 금지야."

"아, 아빠!"

여자애는 내가 있는데도 아랑곳하지 않고 목소리를 높였다. 키도 덩치도 작고, 이목구비조차 밋밋한 나는 원래 존재감이 그리 선명하지 않은 편이었다.

"진짜로 수영 안 했다니까! 이건 비 맞은 거라고, 비!"

그러고 보니 모자 밖으로 삐져나온 빨간 머리카락이 축축하게 젖어 있었다. 하지만 입고 있는 옷은 온종일 볕에 널어 두었던 것처럼 잘 말라 있었다.

나는 오후 내내 할머니 짐을 정리하다가 일기를 읽다가

하며 집 안에서만 시간을 보냈는데 빗소리를 듣지는 못했다. 여자애 아빠도 전혀 믿는 표정이 아니었다.

"듣기 싫다."

"저……."

내가 끼어들었다. 그제야 두 사람의 시선이 동시에 나에게 왔다.

"접시를…… 받으려고…… 5……05호요."

역시 말을 더듬었다.

"기다려라."

빨간 머리가 나를 빤히 바라보는 사이 남자가 접시를 가지고 나왔다.

"잘 먹었다."

무표정한 남자에게서 접시를 받아 들고 걸음을 돌렸다. 그리고 할머니 집으로 들어가기 전, 나는 두 사람을 향해 이렇게 말해 버렸다.

"그런데 왔었어요. ……소나기."

이내 여자애의 얼굴에 나에게만 보이는 물음표가 잔뜩 떴다.

"뉴온의 시대에 알맞은 인재가 되기 위해서입니다. 저는 제6, 아니 제5⋯⋯ 고등학교에서 뉴온 시티의 인공지능 행정 학습의 기초를 닦⋯⋯아, 아니 닦고⋯⋯."

수없이 암기해도 항상 같은 곳에서 말이 꼬였다.

첫 번째 면접은 제5고등학교인데 다른 두 학교와 자꾸만 숫자가 헷갈린다. 실전에서 이런다면 즉시 탈락일지도 모른다. 별것도 아닌 데서 왜 계속 실수하는 걸까. 나도 답답했다.

"뉴온 시티의⋯⋯ 인공지능 행정 학습의 기초를 닦고 싶습니다. 특히, 특히 제5고등학교의 산학 협력 사업인 드론⋯⋯ 드론 커뮤니케이션 개발 프로⋯⋯ 프로그램에⋯⋯."

"아하하."

나의 버벅거림 사이로 웬 웃음소리가 끼어들었다.

"와, 그거 오늘 안으로 끝나긴 하는 거냐? 기다리다 숨 넘어가겠네."

고개를 돌려 보니 빨간 머리가 서 있었다. 나는 공동주택에서 두 블록 떨어진 공터에서 허공을 향해 면접 연습을 하던 중이었다. 엄마가 옆에 있으면 신경이 쓰여서 더 많이 버벅거리기 때문이다. 나는 무슨 상관이냐고 대꾸하려다 말았다. 문득 할머니의 일기 마지막 문장이 떠올라서였다.

'이름은 뭘까?'

할머니의 리미트 재심사 결과는 아직 모르지만, 만일 된다면 그때 답을 알려 드려야지 하는 생각이 들었다. 지극히 사소할지 모르지만 할머니가 마지막으로 궁금해했던 그것을.

"고마웠어, 어제는."

빨간 머리가 다시 입을 열었다.

"아빠도 솔직히 믿는 눈치는 아니었는데, 그래도 더 이상 잔소리만 안 해도 어디야. 근데 왜 거짓말해 줬어? 소나기 왔다고."

"거짓말 아니야."

"뭐? 진짜로 왔었어?"

빨간 머리가 깜짝 놀라 물었다.

"리미트에서 온 것도 소나기는 소나기니까."

내 대답에 빨간 머리는 잠시 멍한 표정이 됐다가 '리미트라니!' 하며 한참 웃었다. 그러더니 이렇게 덧붙였다.

"근데, 지금은 말 안 더듬네?"

빨간 머리를 따라간 곳은 52구와 51구 사이의 호수였다. 오는 동안 해가 완전히 져서 캄캄해진 탓인지, 호숫가에는 우리 둘뿐이었다.

빨간 머리는 겉옷을 모두 훌렁 벗고 속옷 차림으로 호수에 풍덩 뛰어들었다. 어제 자기 아빠에게 수영은 진짜로 안 했다더니, 빨간 머리에게 여기는 아지트처럼 편안하게만 보였다. 자세를 바꿔 가며 헤엄치는 솜씨가 아주 능숙했다.

"너는 안 들어와? 엄청 시원해서 기분 좋아."

벌써 저 멀리까지 나간 빨간 머리의 손짓에 나는 고개를 크게 저었다. 수영을 포함해 나는 운동에 재능이 조금도 없었다.

"나는 잘 못해. 수영."

나는 빨간 머리가 벗어 놓은 옷 옆에 쪼그려 앉았다. 구경만으로 충분했다. 그러자 빨간 머리가 내 쪽으로 헤엄쳐 오더니 손을 내밀었다.

"누가 잘하래? 그냥 놀자는 거지."

잠깐 망설였지만 나는 더듬더듬 샌들을 벗고 발을 물에 담갔다. 이윽고 수면이 무릎, 허리를 지나 턱 바로 아래까지 가까워져 있었다.

중앙으로 들어가면 훨씬 더 깊어지지만, 이쪽은 헤엄치지 않고 천천히 물을 헤치며 걸어도 괜찮은 수심이었다. 빨간 머리 말처럼 시원하기도 했다.

"그 소나기 내린 리미트는 너희 할머니?"

빨간 머리가 물었다. 할머니가 돌아가신 건 다른 이웃과 관리인의 대화를 듣고서야 알았다고 했다.

"아니, 아직. 기다리고 있어."

나는 할머니가 엄마와 나 몰래 써 놓은 리미트 비동의 서약서에 대해 말했다.

"근데 너는 어제…… 왜 혼난 거야?"

이번에는 내가 물었다. 이렇게 수영을 잘하는데 빨간 머리의 아빠가 왜 그렇게 화가 났는지 여전히 이해할 수 없었다.

"아빠 내가 수영하는 걸 세상에서 제일 싫어해. 나 어릴 때 큰 홍수가 있었는데, 그때 날 구하다 엄마가 돌아가셨거든."

두 팔로 수면에 커다란 원을 그려 앞으로 나아가며 빨간 머리가 대답했다. 본인은 정작 담담한 목소리였는데 내 걸음은 그만 멈춰 버렸다. 내가 먼저 물었으면서 뭐라고 대꾸해야 할지 아득해졌다.

"벌써 9년 전인데 아직도 그런다니까. 아빠 겁쟁이야. 그래서 아빠 일하러 나갔을 때 이렇게 몰래몰래 해. 난 헤엄치는 게 좋으니까."

빨간 머리는 어느덧 자세를 바꿔 배영으로 내 주위를 돌고 있었다. 이 애는 내가 별다른 말을 하지 않아도 그다지 어색하거나 불편하지 않은 모양이었다. 덕분에 나는 다시 물속을 걸을 수 있었다.

"너 고등학교는 뉴온으로 가는 거야?"

질문이 돌아왔다.

"뉴온 잡(Job)을 구하려면 그게 유리하니까."

"동경의 대상이 되기도 하고 말이지."

많은 이들이 뉴온 시티 입성을 꿈꾸며 그곳에서의 삶을 부러워하는 건 사실이다. 하지만 내겐 꼭 그런 문제만은 아니었다.

엄마는 17구의 한 빵집에서 일하는데 아침엔 뜨거운 오븐 앞에서 빵을 굽고, 오후엔 엘더 시티 식료품점 각지로 배달을 나간다. 무척 고된 일이다. 그래도 엄마가 이 일을 계속해 나갈 수 있는 건 뛰어난 체력과 외향적인 성격 덕분이었다.

그 두 가지 모두 엄마를 닮지 않은 나에게, 몸으로 부대끼며 사람들과 소통하는 일은 상상하기도 힘들었다. 엄마는 나에게 체력보다 머리를 쓰고, 여럿보다는 혼자서 할 수 있는 일이 잘 맞을 거라고 했다. 그런 일은 대부분 뉴온에 있었다.

그런데 다음 주 입학 면접을 과연 한 군데라도 통과할 수 있을까. 수학과 작문 성적이 나쁘지 않아서 서류는 통과됐지만 면접은 연습을 거듭할수록 막막하기만 했다.

"맞다, 그 빵 있잖아. 처음엔 향이 좀 독특해서 그랬는데, 먹어 보니까 맛있더라. 너네 엄마가 구우신 거지? 이름이 뭐였다고?"

빨간 머리는 내 장래 고민보다는 엄마의 직업에 더 관심이 갔는지 그렇게 물었다.

"골디. 넣은 허브는 톨로."

그리고 나도 이제는 알고 싶었다.

"네 이름은 뭐야?"

소마.

그날 밤, 할머니가 일기에 쓴 '이름은 뭘까?' 옆에 나는 이렇게 적어 넣고 다음 내용을 계속 써 내려갔다.

소마의 아빠는 엘더 시티에서 오래된 주택의 설비를 고치는 수리공인데, 의뢰받은 지역이나 일감의 양에 따라 구역을 옮겨 다니며 생활한다. 대체로는 그런데 이번에 52구로 옮겨 온 이유는 잘 지내던 74구에 갑작스레 닥친 물난리 때문이었다고 한다. 요즘 아저씨가 더 엄격해진 이유가 그거라고 소마는 투덜댔다. 이번 일로 9년 전의 슬픔과 공포가 다시 찾아

온 거라면서.

아무튼 소마는 중학교만 해도 벌써 일곱 번이나 옮겼다고 한다. 세상에, 일곱 번이라니. 가장 길게 다닌 기간이 38구에서 5개월이고 가장 짧게는 71구에서 19일이라고 했다. 19일만 다니는 학교에선 대체 어떤 얼굴로 지내야 하는 걸까. 나로선 도무지 상상이 안 된다.

처음엔 할머니가 이어서 쓴 것처럼 능청을 부려 보려고 했는데, 쓰고 보니 필체는 물론이고 어투도 영락없는 나여서 그야말로 어색한 연결이 되어 버렸다.
 그런데 왠지 할머니가 이렇게 먼저 세상을 뜨지 않았다면, 시간이 좀 더 있었다면 두 사람은 말이 꽤 잘 통하지 않았을까, 그렇게 생각하자 물음표 뒤에 이어 쓴 새로운 단락이 그렇게 나빠 보이지는 않았다.
 그래서 조금씩 계속 써 보기로 했다.
 소마와 나는 그날 이후로 매일 함께 호숫가로 나갔다. 소마는 호수의 이 끝과 저 끝을 부지런히 가로지르며 헤엄쳤고, 나는 물속을 제멋대로 거닐며 면접 예상 답안을 연습했다.

 물속에서는 어떻게 해도 걸음이 느릿느릿하기만 한 것처럼, 매끄럽게 말하기에도 좀처럼 진전이 없었다.

 다만 발을 헛디디는 바람에 물에 한번 푹 잠긴 날이 있었는데 어찌하다 보니 둥둥 뜨는 요령을 알게 된 것은 의외의 소득이었다. 그저 아무 생각하지 않고 힘을 빼는 것으로 충분한 일이어서 솔직히 살짝 허탈하긴 했다.

 호수에서 노는 것도 지루해지면 공동주택으로 돌아왔다. 소마는 우리 할머니 집에 먼저 들러 머리를 잘 말린 뒤에 자기 집으로 갔다. 한동안 소마가 혼나는 소리는 한번도 들리지 않았다.

 금요일이 될 때까지 리미트 코퍼레이션으로부터 연락은 없었다. 엄마는 나에게 초조함을 내색하지 않으려고 정리해 둔 짐을 풀어 다시 살펴보거나, 부엌, 방 할 것 없이 구석구석 청소를 하고 또 했다. 그렇게 하고도 시간이 남으면 골디를 반죽해 팬 한가득 구워서 이웃에게 나눠 주었다.

 내가 소마와 놀러 나갔을 땐 할머니 일기를 읽는 것도 같았다. 돌아와 보면 집 안은 톨로 향기가 진동했고, 내가 일기의 마지막 권을 이어 쓰기 위해 짐 상자를 열었을 때는 정돈해 두었던 노트의 형태가 어딘가 미묘하게 달라져 있었다.

금요일 오후에 엄마는 거실에 쌓아 두었던 상자 다섯 개 중 네 개를 먼저 17구로 옮겨 놓았다. 네 개가 엄마의 배달용 바이크에 실을 수 있는 최대치였다. 딱 하나 남은 상자를 보자 이제는 여기를 진짜로 떠나야 한다는 실감이 나기 시작했다. 관리인의 말에 따르면 505호로 이사 오게 될 사람도 벌써 정해진 듯했다.

토요일 아침 17구로 돌아가기 전, 나는 소마에게 다음 주에 놀러 오겠다고 했다. 소마는 아무리 역마살 가족이라 해도 겨우 그사이에 떠나진 않을 테니 안심하라고 농담했다. 그때 마침 소마 아빠가 현관 곁에서 물품을 정리 중이었는데 표정이 좋아 보이지 않아 마음 놓고 웃지는 못했다. 문이 닫히기 전 꾸벅 인사했는데도 아저씨는 나를 쳐다보지 않았다.

월요일과 수요일, 각각의 고등학교에서 면접을 보고 목요일에 다시 52구로 향했다. 엄마는 어제 가게에서 가져온 빵 몇 개를 포장해 주었다.

501호의 문을 열어 준 아저씨에게 빵을 건네고 소마와 밖으로 나갔다. 이제는 할머니 집에 멋대로 들어갈 수 없기도 했고, 나를 보는 아저씨 얼굴이 여전히 탐탁지 않았기 때문이었다.

"면접은 어땠어?"

시원한 소리를 내며 호수에 뛰어들고 크게 한 바퀴 돌고 온 다음에야 소마가 물었다. 나는 호숫가에서 발만 담근 채로 물장구를 쳤다.

"제5학교에서는 무지무지 떨었고, 제6학교에서는 엄청나게 떨었어."

한마디로 망했다는 뜻이었다. 소마가 폭소했다.

"괜찮아. 아직 하나 남았잖아. 그땐 조금만 떨면 되지."

"응."

대답은 그렇게 했어도 그럴 가능성은 거의 없었다. 이 호수를 떠난 것도 겨우 며칠일 뿐인데 물에 들어가 다시 뜰 자신도 없었다.

"들어와 봐. 내가 잡아 줄게."

소마가 손을 내밀었다.

"될까."

"모르지 뭐."

그 손을 잡고 천천히 호수에 몸을 담갔다. 잘될 것 같지 않았다. 헤엄은 고사하고 고작 물에 뜨니 마니 하며 이렇게 흔들거리는 나 자신도 싫었다.

내가 비스듬히 몸을 기울이면 소마가 두 팔로 받쳐 균형을 잡아 줄 때만 잠시 떠 있다가 팔을 떼는 즉시 꼬르륵 가라앉기 일쑤였다.

"라나 할머니 리미트는 승인 났어?"

소마가 다시 한번 받쳐 주면서 물었다.

"아직."

통보까지 시간이 제법 걸리는 건도 있다지만, 기다리는 사람에겐 며칠이 몇 주 같기만 했다. 그러고 보니 문득 궁금한 게 한 가지 생겼다.

"소마 엄마도 리미트에 계셔?"

"응."

당사자든 유족이든, 비동의한 사람이 없다면 리미트 혜

택은 차질 없이 제공된다고 했다.

"근데 사실 나는 안 간 지 오래됐어. 아빠는 때마다 들러서 울고 와서는 나한테 안 간다고 뭐라고 하지만. 요즘은 더하고."

"왜?"

나는 이해할 수 없었다. 보고 듣고 대화할 수 있는데 어째서 가지 않는다는 건지.

몸을 비트는 바람에 다시 가라앉으려는 나를 붙잡으며 소마가 말했다.

"처음엔 신기하기도 하고 언제라도 볼 수 있다는 점에서 뭔가 안심되기도 했는데. 나한테는 그냥 거기까지였어."

"거기까지?"

"엄마는 원래 말이 많은 사람이 아니었거든. 물론 리미트에서 얘기할 순 있지. 그 표정, 그 목소리로 할 수 있는데. 그렇게 마주 보고 진지하게 얘기하는 상황은…… 아빤 모르겠지만 엄마랑 나 사이엔 그야말로 어색하거든. 그때 난 겨우 여섯 살이기도 했고."

리미트에서 만나면 만날수록 엄마와의 추억을 간직하는

일에서 오히려 점점 거리가 멀어지는 느낌이었다고 했다.

"우리 엄마는 수영을 진짜 잘했어. 엄마도 기후난민이었는데, 엘더 시티에 오기 전에는 바닷가에 살던 사람이었거든. 구조원이었대. 그래서 엘더 시티에서도 강이랑 호수 근처만 골라서 살았어. 우린 어쩌면 대화보다 물놀이를 더 많이 했을걸? 근데 리미트에서 수영은 못 하잖아."

이야기를 듣고 나니 소마의 마음도 이해가 갔다.

리미트에서는 원하는 대로 배경을 설정할 수 있지만, 물의 서늘한 온도, 몸을 감싸는 부드러운 묵직함, 푹 잠겼을 때 머리카락이 제멋대로 흐르는 느낌을 불러올 수는 없을 것이다. 그건 목소리와 언어, 홀로그램이 대신할 수 없는 일이니까.

하지만 아저씨의 걱정도 이해할 수 있었다. 최근 74구의 사건도 그렇고 마음이 복잡할 것 같았다. 소마도 그걸 모르지는 않으니까 이렇게 몰래 헤엄치는 거겠지.

"어, 웨이! 됐다!"

혼자 생각에 잠겨 있던 그때, 소마의 들뜬 목소리가 들려왔다.

소마의 손이 떨어졌는데도 내 몸은 편히 누운 자세 그대로 호수에 둥둥 떠 있었다. 나야말로 깜짝 놀랐다.

"그, 그대로야! 그대로 그대로 그대로!"

"어어……."

소마의 '그대로'라는 말이 무슨 뜻인지 모르겠으면서도 알 것 같은 기분 좋은 혼란에 휩싸였다. 소마는 호들갑스러운 웃음을 멈추지 않았다. 내가 물에 다시 뜬 게 나보다 더 기쁜 모양이었다.

"소마!"

그때였다.

번개처럼 내리꽂힌 아저씨 목소리에 소마의 웃음이 멎었다. 나는 두 발을 얼른 호수 바닥에 디디고 몸을 바로 세웠다.

아저씨는 위에서 우리를 내려다보며 그 이상 다른 말은 하지 않았다. 그 어떤 큰소리보다 더 무서운 침묵이었다. 소마는 잠시 고집스럽게 아저씨를 쏘아보았다. 하지만 결국 고개를 떨어뜨리고는 젖은 머리카락을 손으로 비틀어 짜면서 시무룩하게 말했다.

"먼저 갈게."

소마는 흐느적흐느적 물 밖으로 나가 벗어 두었던 옷을 다시 껴입었다. 나는 아저씨와 나란히 멀어지는 소마의 등을 물끄러미 지켜보는 수밖에 없었다. 기분이 이상했다. 물속에서는 어느 방향으로든 자유자재로 쌩쌩 나아가던 소마였는데, 집으로 향해 가는 뒷모습은 세상 모든 물을 짊어진 것처럼 무거워 보였다.

나는 당장 호수 밖으로 나가 두 사람을 따라잡았다.

"소, 소마는……."

내 목소리에 두 사람이 돌아섰다. 소마는 놀란 것 같았고 아저씨 표정은 변함없이 굳은 채였다.

"수영을 조, 좋아해요. 왜냐, 왜냐면…… 지, 진짜로……."

두서없는 말이 더듬더듬 흘러나왔다. 죽어라 연습해도 잘 못하는데 갑작스러운 상황이니 당연했다.

그래도 멈추지 않았다. 말솜씨 따위 없어도 아저씨에게 꼭 전하고 싶었다. 지금 소마를 위해 이 이야기를 할 수 있는 사람은 나뿐이니까.

"헤, 헤엄을 정말로 잘 쳐요. 제…… 제가 본 사람 중에서 제일. 저, 정말이에요."

"안다."

아저씨 목소리는 차가웠다.

"좋아하든 잘하든 언제라도 위험에 처할 수 있다는 사실은 달라지지 않아. 요안나는 평생을 물에서 살았는데도 자기를 못 구했다."

소마가 고개를 숙였다. 아저씨는 소마에게 그 사실을 자주 강조해 왔을 것 같았다. 만약에라도 같은 위험으로부터 딸마저 잃지 않기 위해서.

"하지만…… 리미트잖아요."

"뭐?"

아저씨가 묻는 동시에 소마의 시선도 다시 나를 향했다.

"소마한테는 이렇게…… 수영하는 게 엄마를 기억하고 만나는 리미트인 거잖아요."

리미트 코퍼레이션 11층에 방문해 아이스크린을 착용하고 대면할 수도 있겠지만, 이 호수의 물결과 수온과 부력으로 만날 수 있는, 엄마가 나를 사랑해 주었던 그 기억.

이건 소마만의 리미트다.

여름방학 마지막 날, 리미트 코퍼레이션에서 최종 통보가 왔다. 엄마가 오후 배달을 하러 출발하기 직전이었다.

52구로 놀러 나갈 준비를 하던 나는 손을 멈춘 채 통화 소리에 귀를 기울였다. 몇 번의 짧은 대답 뒤에 통화는 끝났다.

"승인이 안 됐대."

그렇게 전하는 엄마 표정은 꽤 담담했다. 한 달 가까이 회신을 기다리면서 나름대로 마음의 준비를 해 오긴 했던 모양이다.

"기대했는데."

내가 중얼거렸다. 내심 아쉬운 건 사실이었다.

"리미트에서 일부러 안 해 주는 것도 아니고, 원래 할머니의 고집이었으니까. 괜찮아."

엄마는 할머니와 대화할 때 대체로 '엄마, 내 얘기는 그게 아니라'라는 말로 시작하곤 했는데, 이번에는 웬일인지 스스럼없이 할머니에게 동의하고 있었다. 지난달 뉴온 시티에 갔을 때와는 사뭇 다른 태도였다. 약간 실망한 빛은 있지만 그렇다고 체념처럼 보이진 않았는데 어떤 심경의 변화일까 궁금했다.

엄마는 다시 바쁘게 움직이면서 찬장을 열었다.

"골디랑 잼 좀 가져갈래? 싸 줄까?"

"응."

"그래. 수영하면 금세 배고파."

곧 나랑 소마가 실컷 먹고도 남을 양의 골디와 다른 빵 두 종류, 세 가지 맛의 잼이 준비되었다. 그 꾸러미를 갈아입을 옷과 함께 가방에 넣었다. 그때 엄마가 물었다.

"그런데 웨이, 이거…… 뒷부분이 더 있지 않니?"

엄마 손에는 할머니의 일기가 한 권 들려 있었다.

역시, 아닌 척하면서도 읽고 있었던 거다. 한 글자 한 글자 기록되어 있을 할머니의 고집과 기쁨, 슬픔, 행복, 아픔 등을. 평소의 엄마와 어울리지 않게 중간에 말을 길게 늘이는 게, 왠지 나에게 물어볼지 말지 망설였던 것 같다.

노트 겉표지는 모두 똑같은 모양이라 그냥 봐서는 몇 번째인지 알 수 없었다. 나는 엄마가 건넨 노트를 열어 보왔다. 할머니가 해 둔 건지 아니면 엄마의 표시인지, 드문드문 모서리를 접어 둔 페이지가 보였다. 마지막 페이지에 쓰인 날짜가 2년 전이었다. 그렇다면 끝에서 두 번째다. 마지막 권은 아직 내가 가지고 있었다.

"혹시 짐 정리 중에 모르고 버린 걸까?"

"아냐. 있어."

내가 이어서 쓴 페이지도 첫 번째 독자를 맞이하게 될 것 같다.

"내 책상에 잘 있어."

엄마의 안심하는 얼굴을 확인하고 나는 집을 나섰다.

소마를 만나러 52구를 향해 가는 동안, 내 머릿속에는 방금 본 페이지의 한 문장이 내내 머물러 있었다.

기억은 영원히 식지 않는 빵 같은 거지.

면접을 본 세 군데 학교 중 나에게 합격 소식을 들려준 곳은, 그나마 가장 덜 긴장했다고 생각했던 제12고등학교가 아니라 무지무지 떨었던 제5고등학교였다.

고등학교는 엘더 시티에서 통학했고 대학 때는 뉴온 시티에서 기숙사 생활을 했는데, 졸업 후엔 다시 17구로 돌아갔다. 뉴온 시티에서 지낼 만한 곳을 찾을 수도 있었지만 내가 그렇게 하고 싶었다.

나는 드론 커뮤니케이터 대신 기자가 되었다.

모니터 너머의 동료, 프로그램으로 이어진 드론 기기가 아니라, 엘더 시티와 뉴온 시티 사이를 오가며 시민들과 직접 소통하는 게 나의 일이다.

사람들이 알고 싶어 하는 것은 물론, 알려져야 하지만 그렇지 못한 목소리를 찾아내 기사를 쓰고 소식을 전한다. 양쪽 모두를 오가며 신속하게 취재하려면 그 중간이라고 해도 좋을 17구가 본부로서는 제격이었다.

오늘 만나야 할 취재 대상에는 내가 잘 아는 이름도 포함되어 있었다. 오늘 새벽 소마와 그 동료들이 폭우로 침수된 84구의 건물에서 일가족을 무사히 구조해 냈다. 기사에서는 구조원들을 격려하고 이재민 피해 상황을 전하는 것과 동시에, 도시 연합 정부에게 84구 하수도의 안전 진단과 정비를 재차 촉구해야 할 것이다. 오늘을 기억하고 다시 잊히지 않도록.

  낯선 곳으로 향하는 일은 변함없이 떨리고 긴장되지만, 내 바이크는 이미 84구를 향해 빠르게 달려가는 중이었다. 나의 두근거림보다 훨씬 커다란 진동을 일으키면서.

........

아무리 애쓰고 노력해도 잘 되지 않는 것들이 있었어요. 저에게 한계를 실감하게 해 준 것은…… 숫자만큼 문자도 많아졌을 무렵의 수학, 춤을 따라해 보고 싶어도 생각대로 움직여 주지 않는 팔과 다리, 그리고 누군가의 마음을 얻는 일도 거기에 포함될 것 같아요.
「나만의 리미트」는 '한계를 넘는다'는 표현을 이리저리 곱씹어 보다 쓰게 된 단편입니다. 흔히 쓰는 말이지만 실현하기는 무척 어려운 그 개념을요.
그러다가 새삼스럽게 질문하게 되었어요. 한계는 반드시 넘어 봐야만 하는 걸까? 만일 한계를 넘지 않으면 그건 멈추거나 고였다는 뜻일까? 한계라는 단어는 넘을 수 없어서, 때로는 넘지 않아야 해서 존재하는 의미도 있는 건 아닐까 하고요.
그저 한글 표기법이 같을 뿐이지만 「나만의 리미트」는 도약해야 할 리미트 limit 보다 리-미트 re-meet를 통해 한걸음 나아가는 이야기입니다. 어쩌면 다음에, 언젠가는 하고 제대로 대면하지 못했던 나 자신과 주변을 마주하는 일로요.
사실 가장 아득한 너머는 나의 내면, 바로 나 자신이라는 생각을 자주 합니다. 또는 아주 가까이 있어서 오히려 초점이 잘 맞지 않는 주변이라든지요. 그래서 우리는 그 너머를 비춰 줄 서로가 필요한 걸지도 모르겠습니다. 때로는 한계를 넘게도 하고, 때로는 한계를 존중해 주기 위해서도요.

연여름

# 기간테스가 나타났다

문이소

무료하다.

공짜로 한다는 뜻이 아니다. 없을 무(無), 귀 울 료(聊). 귀 울 료(聊)는 또 뭐야, 귀가 왜 울어? 귀농 귀촌 전문 시민 기자를 꿈꾸는 엄마가 지금은 구할 수도 없다며 중고 서점에서 모셔 온 표준국어대사전 종이책에 따르면 무료하다는 '흥미 있는 일이 없어 심심하고 지루하다.'는 뜻이다. 난 무료함에 완전히 패배했다. 오죽하면 사전에서 단어를 찾아 뜻을 읽고 연습장에 한자까지 따라 쓸까.

인터넷 없는 세상에는 틱톡, 카톡, 페메, 유튜브, 웹툰, 게임이 없다. 이러다 곧 수학 문제집도 풀 것 같다. 도대체

인터넷 언제 되는 거야!

지지난 주 월요일, 베이징 근황이라며 거대한 나무뿌리 같은 것이 스멀스멀 움직이며 도로를 으깨는 영상이 퍼졌다. 그 뿌리가 베이징의 도로망을 모조리 부수고 흡수하면서 엄청난 속도로 증식했다. 세상에 저런 게 다 있네, 하며 놀라기도 전에 세계 주요 도시마다 거대 뿌리들이 나타났다. 누군가가 그 뿌리들을 '기간테스'라고 불렀다.

기간테스는 나라별로 도시별로 조금씩 달랐으나 공통점이 있었다. 도로에서 아스팔트를 뚫고 나타나는데 건물, 자동차, 온갖 집기와 각종 쓰레기를 뿌리에서 나오는 진액으로 녹여 흡수한다. 촉수처럼 움직이는 거대한 뿌리는 거의 무한하게 증식한다. 뿌리가 충분히 커지면 시체꽃과 닮은 거대한 꽃을 피웠고 꽃받침 아래로 더 무성하게 뿌리가 뻗어 나갔다. 이게 기간테스에 대해 알려진 전부다. 나라마다 주요 도시가 파괴되어 전기, 수도, 인터넷이 끊겨 정보가 오가는 게 느려졌기 때문이다.

나흘 전, 서울 강남역 테헤란로에 기간테스가 나타났다. 거대 뿌리는 크기가 KTX 열차보다 두껍고 길었는데

쉼 없이 움직이며 빠르게 증식했다. 첫 출현 후 70시간 만에 압구정역부터 서초역, 양재역, 역삼역 일대가 없어졌다. 기간테스는 도로를 모조리 뒤집어엎고 육교와 다리를 무너뜨리고 건물을 주저앉히며 온갖 것을 녹여서 흡수했다. 뿌리가 대략 천 개, 서울 월드컵 경기장 두 배만 한 연분홍색 꽃봉오리까지 생겼다. 그래도 중국 베이징의 기간테스 군락이나 일본 도쿄의 18킬로미터짜리 꽃에 비하면 작다. 미국 뉴욕 기간테스처럼 지독한 천식과 호흡곤란을 유발하는 꽃가루를 뿌리진 않으니 다행이었다.

하지만 어떻게 변할지 모른다며 그제 목요일부터 전국 모든 학교에 무기한 휴교령이 떨어졌다. 서울이랑 가까운 경기도면 모를까 설마 여기 청주에 무슨 일이 생길까? 인터넷도 안 되는데 이틀 내내 집에만 있으니 더 불안했다. 이 와중에 학원에 가는 애들도 있다. 보영이랑 준이도 학원에 묶여 있다. 안 되겠다, 동아리 텃밭에 가자! 가서 블루베리랑 방울토마토 따 먹자. 보영이랑 준이한테 전화해서 같이 가자고, 학원에 있다고 하면 당장 째고 나오라고 해야……. 띠링!

보영: 제제야, 뭐 해?

오오오, 찌찌뽕! 보영이다! 마음이 딱 통했다.

은제: 네 생각 하고 있었지.
보영: 훗, 정말?
은제: 친구야, 지금 뭐 해?
보영: ㅋㅋ 지금 희준이랑 같이 동아리 텃밭 가는 중.
　　　방금 학원에서 뛰쳐나옴.
은제: 오옷, 나도 그러자고 하려고 했는데!
보영: 찌찌뽕! 제제야, 나 배고파.
은제: 떡볶이 사 갈게. 튀김 얹어서.
보영: 꺅! 30분 뒤에 주유소로 마중 나갈게.

역시 진보영, 우린 마음이 바로바로 통한다. 보영이는 어린이집 다닐 때부터 단짝이다. 보영이 말로는 내가 일곱 살 때 코찔찔이 구희준을 몇 번 만났다고 하는데 기억에 없다. 내가 기억하는 준이는 초록색이다. 작년 기말고사

때 보영이네 집에서 처음 준이를 봤을 때는 엄숙한 초록색 후드티, 1월 보영이 생일에는 통통 튀는 초록색 맨투맨 티셔츠, 3월 지역사회 연계 동아리 '자연살이' 첫 모임 때는 환하게 빛나는 초록색 티셔츠를 입고 있었다.

"어, 나도 초록색 좋아하는데."

준이는 내 낡은 초록색 캔버스화를 보고 웃었다. 초록색이 예쁜 색인 걸 그때 알았다.

보영이랑 준이는 외사촌인데 꼭 친남매처럼 닮았다. 둘 다 강아지 상인데 보영이는 똘망똘망 비숑 같고 준이는 순둥순둥 아기 리트리버 같다. 난 에너지 넘치는 비글 닮았다고 준이가 그랬다. 내 최애 강아지가 시고르자브종인데 비글도 최애가 됐다. 우리 강아지들은 '골목 떡볶이'를 좋아하니 자전거 타고 가야겠다. 땀깨나 흘릴 테니 수건 두 장, 손수건 세 장, 텀블러에 얼음 가득, 손풍기랑 선크림, 모자도 챙겨 가야지. 집에서 골목 떡볶이까지 15분, 떡볶이 사는데 10분, 거기서 주유소 삼거리까지 15분. 서두르자!

6월 중순 햇볕엔 자비가 없다. 너무 뜨거워 도로 아스팔트가 울퉁불퉁해졌다. 여긴 참 한적하다. 복잡한 터미널에서 조금 넘어왔을 뿐인데 너무 조용해서 해 질 녘엔 좀 무섭다. 이쪽 도로변에는 편의점이랑 단층짜리 상가 건물 네 채, 그 뒤쪽으로 커다란 고물상 하나가 덩그러니 있고 나머지는 다 빈 땅이다. 길 건너 주유소 쪽은 한술 더 뜬다. 작은 논과 농가 한 채, 버려진 조립식 건물 몇 채와 무성한 잡풀과 주유소가 전부다.

주유소 뒤로 '복지관길'이라고 부르는 좁다란 도로가 있다. 그 길이 끝나는 곳에 복지관이 있고 복지관 건물 끝에 우리 자연살이 동아리 텃밭과 '동그리 언덕'이 있다. 여기서부터는 길이 더 험해진다. 동그리 언덕을 올라가면 쇠창살 담장과 거뭇한 지붕에 녹슨 십자가가 달린 빨간 벽돌 건물이 보인다. 오래된 폐건물 같은데, 수녀원이란다. 그 근처에만 가도 으스스하고 냉랭해서 우린 동그리 언덕을 절대 안 넘어간다. 동네가 이러니 차도 없고 사람도 없어 차가 그냥 막 달린다. 그래도 오늘은 너무한 거 아닌가. 자동차 몇 대가 엄청난 속도로 지나갔다. 먼지가 풀풀 날리고 뭔가 타는 냄새까지 났다. 버스도 정류장에 안 서고 그냥 막 갔다. 왜 저러지?

끼이이익, 꽝!

우악, 반대편 차로에서 차 몇 대가 마구잡이로 유턴하다가 사고 났다! 차 앞이 찌그러졌고 연기가 풀풀 올라왔다. 그런데 차에서 내린 운전자가 어디론가 막 뛰어갔다. 양쪽 도로 모두 차가 뒤엉켜 꽉 막혔는데 차에서 내린 사람들 모두 언덕과 주변 건물을 향해 뛰었다. 차를 막 버린다고?

그때 콰드드드드득! 땅에서 천둥소리가 나면서 흔들렸다. 도로가 초코파이처럼 파스스 부서졌다! 엄청난 먼지 폭풍이 일면서 후끈한 열기, 매캐한 냄새가 진동했다. 다시 콰드드득, 요란한 소리가 나고 땅이 흔들리더니 먼지 폭풍 사이로 거대한 나무뿌리 같은 게 보였다.

"기, 기, 기간테스다!"

누군가가 비명을 질렀다. 길에 있던 사람들은 모두 어디론가 도망갔다. 사람들이 119를 외치며 전화를 걸었지만 완전히 먹통이었다. 어쩌지, 복지관, 일단 복지관으로 가자. 자전거를 타고 횡단보도를 건너는데 도로가 출렁거리는 바람에 넘어졌다! 오른쪽 발목이 욱씬 쑤셨다. 자전거 휠도 확 우그러졌다. 땅이 점점 더 격렬하게 흔들렸고 매캐한 연기 때문에 숨이 턱턱 막혔다. 기간테스가 근처까지 온 것 같았다. 아, 보영이랑 준이가 주유소 앞으로 마중 나온다고 했는데! 애들 오기 전에 내가 먼저 가야 했다. 난 일어나 뒤엉킨 자동차 사이로 들어갔다.

한 걸음 한 걸음 걸을 때마다 발목이 쿡쿡 쑤셨다. 도로는 쩍쩍 금이 가고 꿀렁꿀렁 움직여 서 있기도 힘들었다. 그때 택시 앞문에 기대고 선 할아버지와 눈이 마주쳤다. 초록색 야구 모자를 쓴 할아버지는 내게 불쑥 지팡이를 내밀었다.

"학생, 이거 짚고 가요."

"네?"

"이거 쓰면 다리가 한결 편해."

"할, 할아버지는요?"

"난 괜찮아요. 우리 집이 요 근처예요."

할아버지는 빙그레 미소 지었지만 몸도 기우뚱하고 안색도 창백한 게 많이 힘들어 보였다. 난 할아버지에게 등에 멘 배낭을 보이며 말했다.

"그럼 지팡이 좀 빌릴게요. 그 대신 할아버지는 옆에서 제 가방을 잡고 오세요. 힘들면 기대셔도 돼요."

도로에는 할아버지와 나뿐이었다. 우린 아주 천천히 걸었다. 횡단보도를 다 건너 인도까지 왔는데 부아아아앙, 오토바이 소리가 들렸다. 오토바이는 엉망이 된 도로를 보고 급정거했다. 난 손을 번쩍 들고 외쳤다.

"여기요! 좀 도와주세요!"

오토바이가 할아버지와 내가 있는 인도로 오려는 순간, 쾅, 콰쾅! 도로의 차들이 뒤집히며 아스팔트를 뚫고 거대한 문어 발 같은 게 튀어나왔다. 맙소사, 기간테스! 아름드리보다 굵은 뿌리가 오토바이를 낚아챘다. 운전자의 몸이 부웅 날아가 비탈길로 떨어졌다. 뿌리는 오토바이를 순두부처럼 바스러트렸다. 꿀렁꿀렁, 뿌리에서 검은 진액이 나와 오토바이를 흔적도 없이 녹였다. 생전 처음 맡아 보는 지독한 탄 냄새 때문에 눈물 콧물 범벅이 되었다. 공기가 이상하리만큼 후끈후끈했다. 드드드득, 오토바이를 먹어 치운 뿌리가 우리 쪽으로 다가왔다. 어쩌지, 다리가 움직이지 않아.

"학생, 천천히. 천천히 가야 한댔어요."

아…… 생각났다! 방송에 '기간테스 대피 요령'이 무지하게 많이 나왔었다. 차에서 내려라, 천천히 이동하라, 도로가 없는 곳으로 대피하라. 나랑 할아버지는 천천히 인도에 쪼그리고 앉았다. 드드드드, 드드드득. 또 다른 뿌리가 내 바로 옆에 있는 자동차를 휘감고 녹이기 시작했다. 냄새도 끔찍했지만 뿌리에서 나오는 열기 때문에 화상을 입을 것 같았다. 나랑 할아버지는 엉금엉금 기어서 인도 안쪽으로 피했다.

"할아버지, 저기 주유소 뒷길에 있는 동그리 언덕까지 갈 수 있으세요?"

"그러지 말고 옆에 인도 끝 비탈로 내려갑시다. 우리 논하고 이어져 있어요. 우리 집도 가까우니 일단 거기로 가요. 집 근처 길은 다 공구리라서 괜찮을 거예요."

"공구리요?"

"아, 콘크리트. 저건 아스팔트 도로만 파먹는 거 같더라고."

나랑 할아버지는 느릿느릿 인도 끝 비탈로 갔다. 무성한 수풀 사이로 돌과 흙을 다져 만든 엉성한 계단이 보였다. 우린 사다리를 타는 것처럼 뒤로 걸어 내려갔다. 도로가 부서지고 자동차가 구겨지는 소리가 그치지 않았다. 드드드득, 뿌리가 움직이는 소리가 점점 더 커졌다. 덜컹덜컹, 리어카가 굴러가는 소리도 들렸다. 그리고 여보…… 여보?

"여보, 태호 아버지! 괜찮아요?"

비탈과 이어진 논두렁길로 한 할머니가 리어카를 끌고 걸어오고 있었다.

"아이고, 당신! 위험한데 왜 나왔어요!"

할머니는 리어카를 내려놓고 할아버지를 부축했다. 할아버지는 할머니 손을 꼭 잡고 당신 괜찮아요, 괜찮아요 계속 물었다. 할아버지는 무릎 치료 때문에 병원에 다녀오던 길이었다고 한다. 내 손을 꼭 잡고 생명의 은인이라고 소개하자 할머니는 논두렁길에서 내게 큰절을 하려고 했다. 두 분은 집에 파스랑 붕대가 많으니 같이 가서 다리를 '쫌매고' 쉬라고 했다. 할머니는 할아버지를 리어카에 태웠다.

"태호 아버지가 병원에 가고 나서 계속 텔레비전 뉴스랑 라디오 틀어 놨거든요. 근데 텔레비전이 끊기더라고. 바로 라디오에서 속보가 나오는 거예요. 청주공항, 청주역, 고속버스 터미널에 기간테스가 나타났다고 하더니 뚝 끊겼어. 전화도 그때부터 먹통이더라고. 태호 아버지 올 시간인데 걱정이 되어서 가만히 있을 수가 있어야지. 이이가 걷는 것도 시원찮으니까 리어카 끌고 나온 거예요."

"당신 덕분에 내가 살아요. 우리 학생한테도 내가 신세를 졌어요. 학생은 어디 살아요? 지금 위험하니까 상황 정리될 때까지 우리 집에 있어요."

"아, 아니에요. 저 친구들 찾으러 가야 해서요."

그때 누군가 큰 소리로 내 이름을 불렀다.

"은제다! 은제, 은제야!"

"소은제, 너 괜찮아?"

복지관길에서 보영이랑 준이가 손을 흔들었다. 둘은 복지관길과 이어진 비탈을 타고 논으로 내려왔다. 보영이가 달려와 나를 꽉 끌어안았다. 너한테 무슨 일 난 줄 알았다고, 아는 신 모르는 신을 다 부르며 기도했다며 울었다. 보영이가 우니까 덩달아 눈물이 났다. 준이도 계속 헛기침을 하며 콧물을 닦았다.

 할머니가 다 같이 집에 가자고 하셨다. 맘씨 고운 준이가 할머니 대신 리어카를 끌고 보영이가 밀었다. 역시 내 친구들, 어디에 내놔도 빛이 난다.


 두 어르신 집은 주황색 벽돌집이었다. 1층짜리 집은 작았지만 아주 튼튼해 보였다. 뒤쪽에 지붕이 하늘색인 창고와 여러 농기계가 있었다. 할아버지 말대로 들어오는 길목도 마당도 다 콘크리트로 덮여 있었다. 할아버지가 내 발목에 파스를 뿌리고 붕대로 '쫌매' 주시는 동안, 할머니는 밥상을 차려 주셨다. 청국장찌개를 데워 오려고 했는데 가스가 안 된다고 했다. 정말로 전기와 가스가 다 끊겼다. 솔직히 전기와 가스가 나간 비상 상황인데 넙죽 받아먹긴 염치가 없어서 아까 산 떡볶이를 먹으려고 했다. 그런데 절대 거부할 수 없는 음식이 나왔다. 무려 시골 비빔밥! 새콤달콤 양념한 묵은 김치에 상추, 깻잎, 풋고추, 오이무침에 화룡점정 장작불 달걀부침이 1인당 두 개씩! 거기에 와, 들기름 냄새가 진짜 끝내줬다.

  우리 셋은 허겁지겁 비빔밥에 달려들었다. 뭔 쌈장이 이렇게 맛있는지 오이라면 질색하던 준이가 그 많은 오이를 쌈장에 찍어 다 먹었다. 그리고 수박! 텃밭에서 키웠다는 노지 수박이 아이구야, 너무 달아서 조갈이 날 지경이었다. 보영이는 100브릭스짜리 수박이라며 혀를 내둘렀다. 얼마나 많이 먹었는지 목구멍에서 수박 물이 출렁출렁하는 것 같았다. 그때 지잉 지이잉, 문자가 왔다. 엄마 아빠다!

은제야
복지관에 있　여기
위험해 엄마가　지관으　갈

거기서　려
아빤 할머니　시
복지　에 있

문자가 툭툭 끊기고 깨져서 들어왔다. 엄마가 데리러 온다고 복지관에서 기다리라는 소리인 것 같다. 지이잉 지잉. 보영이랑 준이도 문자를 받았다. 보영이 이모부, 그러니까 준이 아빠가 복지관으로 온다고 했다. 터미널부터 보영이네 아파트 단지와 우리 집 주택가 도로까지 기간테스가 휩쓴 모양이다. 전화는 여전히 먹통이었고 문자 전송도 아예 안 됐다. 아까 들어온 문자가 끝이었다. 우리 셋은 숟가락을 놓고 어르신께 인사했다.

"잘 먹었습니다. 부모님이 복지관으로 오신대요. 가서 기다려야겠어요."

보영이랑 준이도 같이 일어섰다. 할아버지가 물었다.

"학생 이름이 뭐예요?"

"저는 소은제입니다. 할머니랑 할아버지는요?"

"우린 '태호네'라고 하면 돼요. 여기 집은 지하수 쓰고 태양광도 있고 쌀에 장작에 푸성귀 다 넉넉해요. 소은제 학생, 혹시라도 먹을 거 궁해지거나 그러면 우리 집으로 와요. 꼭이야, 응?"

두 어르신은 대문까지 나와 배웅해 주셨다. 기분이 좀

그랬다. 할아버진 잘 걷지도 못하시는데 이렇게 계셔도 괜찮나, 마을회관에 모셔다 드려야 하는 거 아닌가. 엄마는 걸어서 오려나, 뿌리 때문에 길이 다 막혔을 텐데 어디로 온다는 거지, 우리 할머니 할아버지도 무릎 아픈데 아빠 혼자서 리어카도 없이 어쩌나……. 그때 꽝, 꽈릉! 엄청난 소리가 났다. 준이가 버럭 소리쳤다.

"얘들아, 저기 좀 봐!"

어르신 집에서 먼지가 무럭무럭 피어났다! 우린 동시에 대문을 박차고 들어갔다. 맙소사, 기간테스가 어르신 집 창고를 부수고 경운기를 뭉개고 있었다! 할머니랑 할아버지는 보이지 않았다. 방에 계신가? 들어가 보고 싶은데 발이 떨어지지 않았다. 보영이도 준이도 덜덜 떨고 있었다. 하지만 우리 중 누구도 도망가려 하지 않았다. 난 보영이와 준이의 팔을 꽉 잡고 말했다.

"보영아, 너는 대문 앞에 있는 리어카 보고 있어. 준아, 나랑 같이 들어가자."

"응, 내가 할아버지 업고 나올게."

"알았어. 난 리어카 보고 있을게."

나와 준이는 뿌리와 최대한 멀찍이 떨어져서 1초에 한 걸음씩 천천히 걸었다. 얼굴에서 땀이 줄줄 흘렀다. 뿌리가 왜 창고를 덮쳤지, 콘크리트 길은 안 온다고 하지 않았나, 서울 기간테스랑 다른 변종인가. 뿌리는 경운기를 다 녹여 먹고 창고를 헤집고 있었다. 창고 안에서 매캐한 냄새와 석유 냄새가 진동했다.

"세상에, 학생들······."

할머니랑 할아버지가 현관 앞으로 나오고 있었다. 휴, 다행이다. 준이가 할아버지를 업고 앞장섰고 나랑 할머니가 뒤따랐다. 현관에서 대문까지 10킬로미터도 넘는 것 같았다. 할아버지를 리어카에 태우고 논두렁으로 갔다. 한참을 와서야 뒤를 돌아봤다. 창고를 먹어 치운 뿌리는 한층 더 두꺼워졌지만 집을 부수진 않았다. 할머니가 안도하듯 걱정하듯 길게 한숨을 쉬다가 화들짝 놀라 소리쳤다.

"어어, 저기 비탈에, 사, 사람이!"

맙소사, 아까 그 오토바이 아저씨! 엉거주춤 앉아 있던 아저씨는 우릴 보더니 엉엉 울었다. 도와주세요, 나도 데려가요······. 다 큰 어른이 우니까 또 눈물이 났다. 아저씨

오른팔에서 피가 많이 나서 수건과 손수건으로 묶었다. 아저씬 많이 아픈지 이를 꽉 물고 부들부들 떨었다. 혼자 서지도 못해서 할아버지랑 같이 리어카에 태웠다. 리어카는 준이가 앞에서 끌고 보영이가 뒤에서 밀었다. 아저씨는 연신 고맙다고 인사하며 물었다.

"지금 어떻게 된 상황인지 아세요?"

"전화도 라디오도 다 끊겨서 우리도 몰라요. 영감이랑 나도 이 학생들 덕분에 살았어요."

"그럼 지금 어디로 가는 건가요?"

아저씨가 물었지만 아무도 대답하지 않았다. 논두렁길은 두 갈래였다. 하나는 마을로 이어진 흙길. 마을로 들어가면 마을회관이 있어서 몸은 피할 수 있겠지만 거기도 아스팔트 도로가 있을 것이다. 콘크리트 길이라고 해도 안심할 수는 없다. 오도 가도 못하고 있는데 할아버지가 말했다.

"동그리 언덕으로 갑시다. 요 샛길이 동그리 언덕에서 복지관 텃밭까지 이어졌거든."

"어라, 길이 그렇게 이어져 있어요?"

"이 샛길은 옛날에 우리 마을이 번성했을 때 동네 청년들이 만든 길이에요. 지금은 다니는 사람이 없어 작아졌지만 예전엔 동그리 언덕을 넘어 다니는 큰길이었어요. 그래서 이름도 '동그너미길'이에요."

"영감 생각이 좋네요. 복지관에 가면 이 젊은 양반 줄 약이 있을 거예요. 상처도 좀 씻고."

우린 조금 가벼워진 걸음으로 동그너미길을 올랐다.

동그너미길은 이름만 귀여웠다. 야트막한 오르막이지만 리어카가 다니기엔 좁을뿐더러 너무 울퉁불퉁했다. 보영이랑 준이가 암만 애를 써도 역부족이었다. 결국 할아버지가 내려서 걷기로 했다. 내가 부축했지만 큰 도움이 되진 않았다. 아저씨는 리어카가 흔들릴 때마다 끙끙 신음했다. 식은땀을 너무 흘리기에 손수건을 줬더니 아저씨는 그걸 입에 꽉 물었다. 소리를 안 내려고 안간힘을 쓰는 듯했다. 맨 앞에 가면서 길을 보던 할머니가 외쳤다.

"복지관은 괜찮아요!"

텃밭도 무사했다. 방울토마토, 블루베리, 오이, 상추, 호박, 참외 다 잘 있었다. 토요일이라 복지관은 잠겼지만 우리가 쓰는 동아리 농막은 열 수 있었다. 에어컨과 선풍기는 쓸 수 없지만 그래도 생수가 있고 편하게 앉을 곳이 있어서 다행이었다. 할아버지도 아저씨도 표정이 한결 편안해졌다. 아저씨가 내게 물었다.

"고마운 학생들 정체가 뭐야? 텃밭에 농막까지 있고."

"우린 해원중학교 자연살이 동아리예요. 지역사회 연계 프로그램인데요, 텃밭 농사를 배우고 있어요."

"제제는 놓고 갈 거예요. 나중에 우리 셋이 딸기랑 블루베리 농장 하려고요."

보영이가 나와 준이의 팔짱을 끼며 말했다. 할아버지, 할머니, 아저씨까지 혀를 내두르며 칭찬했다.

"아이고, 야무지네 야무져. 우리나라 미래가 밝다. 그죠, 태호 아버지?"

"옳은 말이네! 내가 밭이 있으면 우리 학생들한테 줄 터인데, 논뿐이라서. 논농사는 관심 없어요?"

"너희 셋은 진짜 뭐든 다 할 거야. 이런 와중에 사람을 살리는 사람들이니까. 너희들은 슈퍼 히어로야."

아하항, 세 어른이 힘을 합쳐 침이 마르게 우리를 칭찬하니 도저히 앉아 있을 수가 없었다. 우린 밖을 좀 돌아보고 오겠다고 하곤 나왔다. 여전히 인터넷도 전화도 되지 않았기 때문에 복지관 바깥 상황을 직접 봐야 했다.

"그런데 소은제 넌 저 할아버지 어디서 만났어?"

준이가 물었다. 보영이도 궁금한 눈치였다.

"아까 주유소 삼거리에서 기간테스가 나타났을 때 길 건너다가 만났어."

"제제야, 너 진짜 슈퍼 히어로다! 나 같으면 혼자 도망갔을 텐데, 와!"

"아니, 아니야! 내가 다리 다쳐서 절뚝거리고 있었는데 할아버지가 먼저 지팡이를 주셨어. 얼른 도망가라고."

보영이랑 준이가 깜짝 놀랐다. 난 이어서 말했다.

"그런데 어떻게 혼자 가. 할아버지랑 같이 가는데 오토바이 한 대가 오는 거야. 도와달라고 소리쳤더니 그 오토바이가 우리 쪽으로 왔어. 그러다가 뿌리에 오토바이가 당했고 운전자는 다쳤지."

"제제야, 그럼 저 다친 아저씨가……?"

"응. 맞아. 만약에 내가 안 불렀으면 아저씬 안 다쳤을 거야."

"그건 아니지. 움직이는 오토바이를 뿌리가 그냥 둘 리가 있나. 아저씨는 소은제 너랑 할아버지 때문에 다친 게 아니라 뿌리 때문에 다친 거야."

"제제, 희준이 말이 맞아. 상황은 안 좋지만 우리 모두 운이 좋다고."

"어……, 아닐 수도 있겠어."

복지관 슬라이딩 게이트를 꾸물꾸물 넘고 있는 검고 가느다란 나무뿌리, 기간테스였다! 복지관 앞 도로를 꽉 점령한 큰 뿌리에서 나온 잔뿌리 여러 개가 슬라이딩 게이트를 넘어오려고 했다. 복지관 마당이 콘크리트 아니었나, 아닌가 주차장까지 아스팔트인가. 잔뿌리가 스멀스멀 복지관 안으로 들어왔다.

"제제, 돌아가자. 얼른!"

"소은제, 어른들이랑 움직이려면 서둘러야 해."

우린 급히 텃밭으로 돌아왔다. 그사이 할머니는 저녁거리라며 방울토마토랑 블루베리, 오이, 상추를 수확해 정리하고 있었다. 까무룩 잠든 할아버지와 아저씨를 흔들어 깨워 상황을 알렸다. 농막이야 텃밭에 있으니 큰 탈이 없을 수도 있다. 하지만 아까 어르신네 창고를 덮친 것처럼 복지관 건물을 덮치면 그야말로 큰일이다. 어쩌지, 마을로 되돌아가야 하나?

"저기요 태호 아버지, 언덕 아래 수녀원에 가서 도와달라고 하면 어떨 것 같아요? 그 수녀원은 입구가 흙길이라 괜찮을 텐데."

"수녀원요? 그 쇠창살로 둘러싸인 흉가…… 헙!"

보영이는 배시시 웃으며 입을 꼭 다물었다. 할머니가 차분히 설명했다.

"거기 수녀님들은 밖에 나오지 않고 죽을 때까지 그 수녀원 담장 안에서만 산대요. 그래서 도로도 안 놓고 산다지 아마. 그런데 여기서 가자면 쇠창살 담을 넘어가야 해요."

우리에게 남은 곳은 그 쇠창살 담 너머뿐, 난 천천히 일어섰다.

"할머니, 제가 담을 넘어 볼게요."

준이는 혹시 모를 상황을 대비해 어르신들 곁에 있기로 하고 보영이랑 나 둘이 수녀원으로 갔다. 할머니는 동그너미길을 따라가다 쇠창살 담이 보이면 왼쪽 비탈길로 내려가라고 했다. 거기에 야트막한 울타리가 있으니 넘어가기 편할 거라고 했다.

 동그너미길로 꼭대기까지 오니 주유소 삼거리가 보였다. 삼거리는 예전 형태를 알아볼 수 없었다. 눈에 보이는 도로란 도로는 뿌리가 다 점령했다. 주유소 건물까지 칭칭 휘감았다. 바람이 부니 후끈한 열기와 함께 매캐한 탄 냄새가 날아왔다. 보영이가 언덕이 쩌렁쩌렁 울리게 재채기를 했다.

 "에이칭! 그런데, 에취! 진짜 신기하다. 논이랑 언덕에는 뿌리가 없어. 아예 근처에도 안 가는 것 같아."

 "흙을 싫어하는 건가?"

 "그지, 이상하지? 아스팔트 말고 다른 것도 먹잖아. 서울 기간테스는 쓰레기도 먹는댔어. 저것도 오토바이, 자동차 먹고 아까 할아버지 집에선 석유도 먹었잖아."

 "석유?"

"응, 그 창고에 석유 있었던 거 아니야? 냄새 확 났잖아. 지금 주유소에서도 석유 먹는 거 아닐까?"

"보영아…… 너 천재야!"

"엥, 갑자기?"

"석유, 아스팔트 원료가 석유잖아!"

"아…… 앗! 제제, 말이 된다. 기간테스가 석유만이 아니라 석유를 원료로 하는 걸 먹는 거라면 다 말이 돼. 전기차 먹는 것도 차 안에 플라스틱이 많기 때문일 거야. 카시트, 타이어, 온갖 플라스틱 다 석유에서 나온 거니까. 맞아, 기간테스는 석유에 집착해."

"아아, 뭘 노리는 건지 알았으니 이젠 뭘 싫어하는지 알아내면 되는데."

"제제, 저기 초록색 울타리 나왔다. 내가 엎드릴게, 내 등 밟고 먼저 넘어가."

"위험하게 왜 위로 넘어가. 울타리 밑을 파고 가면 되지."

난 아까 챙겨 온 호미 두 자루를 꺼냈다. 보영이랑 나는 인간 굴삭기가 되어 땅을 팠다. 울타리 밑으로 기어서 가니 수월했다.

수녀원에 들어오니 심장이 막 벌렁거렸다. 무서워서가 아니라 해서는 안 될 일을 한 것 같은 기분이 들어서였다. 보영이도 떨리는지 내 손을 꼭 잡았다. 우린 한 손에 호미를 들고 다른 한 손은 꼭 잡은 채로 수녀원 앞마당을 가로지르며 소리쳤다.

"저기요, 살려 주세요! 환자가 있어요, 도와주세요!"

끼이이이익, 철문이 열렸다. 허리까지 내려오는 시커먼 천을 뒤집어쓰고 손등 발등을 다 덮는 까만 원피스를 입은 할머니 수녀님이 눈을 동그랗게 뜨고 나왔다. 우린 죄송하다는 인사도 까먹고 두서없이 상황을 이야기했다. 묵묵히 듣던 수녀님이 입을 열었다.

"학생들은 괜찮아요?"

할머니 수녀님은 원장 수녀님 그러니까 수녀원의 책임자였다. 원장 수녀님이 나이 지긋한 부부를 부르더니 우리 일행을 데려와 달라고 부탁했다. 아저씨를 회장님, 아주머니를 사모님이라고 했는데 두 분이 수녀원 바깥일을 도맡아 하는 것 같았다. 회장님과 사모님이 도와줘서 오토바이 아저씨랑 할아버지까지 무사히 수녀원에 도착했다. 원장 수녀님이 다정하게 우리 일행을 맞이했다.

"고생 많으셨어요. 환자분은 저와 같이 손님방으로 가시죠. 전에 응급실에서 근무했던 수녀님이 기다리고 있어요. 사모님, 다른 분들은 피정방으로 안내해 주세요."

아, 좀 안심이 되었다. 할머니가 원장 수녀님 손을 꼭 잡고 말없이 눈물을 훔쳤다. 너무 고마우면 고맙다는 말이 안 나온다. 눈물만 난다.

피정방은 작지만 정갈한 원룸이었다. 수녀님 몇 분이 오더니 정리를 시작했다. 원래 있던 짐을 치우고, 바닥을 닦고, 이불을 가져오고. 서로 말은 한마디도 안 하는데 손발이 척척 맞았다. 텔레파시를 쓰나 싶을 정도였다. 말하지 않아도 아는 사이, 네가 못 하면 내가 하고 우리가 같이하면 되지, 이런 느낌이었다. 묘한데 엄청 든든하고 멋졌다. 동그리 언덕 너머 쇠창살 담 안에 이런 삶이 있을 거라곤 상상도 못 했다.

수녀님들이 피정방에 딸린 식당에 밥, 김치, 무조림, 찐

계란, 수박을 배달해 주었다. 세상에서 제일 맛있는 저녁 식사였다. 제일 감사한 밥이었다.

밥을 다 먹고 설거지를 하고 한참을 앉아 있었다. 하늘은 빠르게 어두워졌다. 아무도 조용히 하라고 안 했는데 모두가 소근소근 말했다. 지치기도 했거니와 수녀님들의 침묵을 방해하고 싶지 않았다. 댕, 댕, 댕, 댕, 댕, 댕, 댕, 댕. 괘종시계 소리가 들렸다. 저녁 8시구나. 핸드폰이 안 되니 시간도 몰랐다.

"숲이 너무 까맣구나. 위에 있는 밤하늘은 대낮인데."

준이가 시조를 읊듯 말하는 바람에 웃음보가 터졌다. 긴장이 풀리니 온몸이 쑤시고 졸음이 쏟아졌다.

사모님이 나랑 보영이에게 흰 블라우스에 검은 치마, 팬티를 내주었다. 수녀원에 여벌로 있는 옷을 준 거라고 했다. 어쩜 좋아. 수녀원을 두고 폐건물, 폐허라고 한 게 너무너무 죄송했다.

피정방엔 에어컨은커녕 선풍기도 없는데 시원했다. 물도 콸콸 잘 나왔다. 지하수라고 해도 아껴 써야 할 것 같아서 보영이랑 같이 씻었다. 엄마가 복지관에 왔으면 어쩌지. 아니야, 길이 막혀서 되돌아갔을 거야. 아빠랑 할머니, 할아버지는 어쩌고 있을까, 나 이렇게 편하게 있어도 되나……. 샤워하면서도 자꾸 눈물이 났다. 보영이도 계속 코를 훌쩍였다. 우린 서로 모르는 척했다. 아는 체 안 하는 게 우정일 때가 있다.

"보영아, 네가 침대에서 자. 난 바닥에서 잘게."

"왜? 같이 침대에서 자자."

"바닥이 차가워서 더 시원해. 내가 바닥에서 잘게."

몸이 땅속으로 꺼져 들어가는 것처럼 피곤한데도 잠이 오지 않았다. 쿵, 쿠궁. 멀리서 뭔가가 무너지는 소리가 들렸다. 주유소가 무너지는 걸까. 선잠이 들 때마다 악몽을 꿨다. 할아버지 집이 부서진 꿈, 우리 빌라가 무너진 꿈, 아빠 차가 뿌리에 잡혀 녹는 꿈, 엄마가 울면서 나를 찾는 꿈…….


딸그랑, 딸랑, 딸그랑…….

종소리? 멀리서 맑은 종소리가 들렸다. 수녀님들 기상 벨인가? 시계를 보니 다섯 시가 채 안 됐다. 보영이도 부스스 자리에서 일어났다. 더 잠이 올 것 같지 않아서 보영이랑 밖으로 나갔다. 부지런 구희준 선생도 나와 있었다. 준이도 잠을 설쳤는지 얼굴이 퉁퉁 부었다. 준이는 우릴 보자 심각한 표정으로 어딘가를 가리켰다. 수녀원 텃…… 밭? 저런 텃밭이 다 있구나. 노란 상추 꽃이 푸짐하게도 폈다. 내 얼굴만 한 깻잎은 억세서 빗자루로 써야 할 것 같았다. 자타가 인정하는 인간 제초기 구희준 선생이 고개를 절레절레 저었다.

"이 정도면 밀림 아니냐."

"나도 실은 어제 정원 잔디 보고 식겁했잖아. 잔디밭이 아니라 토끼풀 밭이던데. 가서 다 뽑고 싶었어."

보영이는 몸이 근질근질하다는 듯 쭉쭉 팔다리를 늘였다. 하여간 몸은 튼튼하다.

"우리가 텃밭 정리해 드릴까? 보니까 수녀님들 다 할머니고 삐쩨 말라서 풀 뽑을 힘도 없을 것 같던데."

우리는 굴러다니는 호미를 하나씩 집어 들고 텃밭을 정리했다. 땅이 좋아 그런지 작물도 크고 잡초도 무지하게 억셌다.

"으아아아악!"

준이가 한 1미터쯤 뛰어올랐다. 줄행랑 진보영 선생은 벌써 저만치 뛰어갔다.

"왜, 뭐 나왔어?"

"뱀, 뱀, 뱀 나왔어! 소은제, 뱀 나왔어!"

"희준아, 뱀 아니고 지렁이야."

"지렁이? 무슨 지렁이가 이렇게 커? 완전 새끼 뱀만 해."

"여기 흙이 좋잖아. 황토인데 질지 않고 마사토랑 부엽토가 잘 섞였……!"

번뜩 떠올랐다. 왜 그 생각을 못 했지? 도로만 파헤친다, 논에는 안 간다, 언덕을 피한다. 즉 식물이 무럭무럭 자라는 기름진 땅은 싫어하는 거다!

"얘들아, 아무래도 우리 진짜로 슈퍼 히어로가 될 수 있을 것 같아."

"제제, 진정해. 배 많이 고파?"

"기간테스, 그거 흙 던지면 도망간다. 분명해. 어쩌면 기름진 흙에 닿으면 죽을지도 몰라. 논과 언덕을 왜 피하겠어? 왜 서울 강남 한복판을 점령했겠어, 거긴 산다운 산이 없잖아."

우리 셋은 누가 먼저랄 것도 없이 복지관으로 달려갔다.

복지관 건물은 무사했다. 하지만 주차장은 뿌리 때문에 완전히 파헤쳐졌다. 어제 봤던 잔뿌리들은 내 몸통보다 두꺼워졌다. 우린 텃밭으로 가 외발 수레에 흙을 퍼 담았다. 다른 한 대에는 농막에 있는 정수기 물통을 담았다. 삽과 장갑도 다 챙겼다. 주차장 가까운 곳에서 흙에 물을 섞어 질척하게 반죽해 손으로 뭉쳤다. 우린 흙덩이를 하나씩 들고 나란히 섰다. 내가 말했다.

"셋에 던지는 거야. 뿌리에 정확하게 맞히자고."

"잠, 잠깐만! 제제, 난 못 맞힐 것 같아. 그 대신 계속 흙덩이를 만들게."

"좋은 전략이네. 보영이 네가 손이 빠르니까 백업 맡아. 제제, 혹시라도 걱정 마. 나 어릴 때 야구했잖아, 제대로 던지고 제대로 맞힐 줄 알아. 네가 힘들면 내가 더 잘할게."

꺅, '내가 더 잘할게.'라니…… 잠깐만, 나한테 제제라고? 이제 준이도 보영이처럼 나랑 찐친이라는 뜻인가, 아니면……?

"제제 던지자. 하나, 둘, 셋!"

또 제제래, 진짜 이거 뭐지? 퍽, 퍼벅! 나와 준이가 던진 흙덩이는 각각 다른 뿌리에 맞았다. 그리고 뿌리가 화들짝 놀란 것처럼 몸통을 뒤틀며 뒤로 물러났다! 나와 준이는 계속 던졌다. 뿌리는 거듭해서 뒤로 물러났다. 흙덩이에 맞은 것만 물러나는 것이 아니라 안 맞은 것들도 지레 겁먹은 듯 물러났다. 흙 한 수레를 다 썼을 땐 주차장을 꽉 메웠던 뿌리가 몽땅 복지관 바깥으로 물러났!

"가서 사모님이랑 회장님한테 말씀드려서 같이하자고 하자."

의기양양하게 말했다가 할머니, 할아버지, 사모님, 회장님에게 돌아가며 혼이 났다. 너무 위험했다고, 그런 위험한 일은 어른이 해야 한다는 거다. 보영이랑 준이는 연신 죄송하다고 했지만 나는 기분이 나빴다. 급하니까 그랬지, 우리가 제일 민첩하니까 무슨 일이 생겨도 잽싸게 피할 수 있고 말이다. 누구도 하지 못한 좋은 일을 해 놓고 욕을 먹다니, 어리다고 무시하는 건가, 생각하는데 할머니가 말했다.

"학생, 미안해요. 학생에게 화내는 게 아니라 다들 자식 둔 어른들이라서 그래요. 정말 대견하고 고마운데, 어린 학생이 그런 위험한 일을 했다고 생각하니 가슴이 철렁해서 그러는 거예요."

그때 누군가 곁으로 다가왔다. 원장 수녀님? 원장 수녀님만이 아니었다. 수녀님 열네 명이 모두 밀짚모자를 쓰고 목장갑을 끼고 치마를 허리춤에 동이고 작업 바지를 입고 운동화를 신고 나왔다. 나, 보영, 우리 준이, 할머니, 회장님, 사모님, 수녀님 열네 명 다 합쳐서 스무 명의 슈퍼 히어로들이 물을 채운 양동이와 삽을 실은 외발 수레를 끌고 동그리 언덕을 내려가 복지관 자연살이 텃밭에 갔다.

공들여 가꾼 기름진 우리 흙은 거대한 뿌리를 단숨에 주유소 앞까지 몰아냈다. 그 정도가 아니었다. 뿌리는 조금씩 시들었다. 여전히 위협적이었지만 분명 쪼그라들고 있었다. 할머니는 기꺼이 논을 내주었다. 기름진 논의 흙물과 튼튼하고 어린 벼에 얻어맞은 뿌리는 이리저리 휘적이다 납작하게 찌부러졌다. 나랑 보영이, 준이는 한껏 어깨가 올라갔다. 난 보영이랑 준이와 짧게 의논하여 말했다.

"저희 셋이 마을에 다니면서 어르신들 괜찮은가 보고 올게요. 같이 일할 수 있는 어르신이 계시면 모셔 오고요."

"아이고, 대장님들이 나서 주면 고맙죠."

"네? 저희……요?"

원장 수녀님이 '대장님들'이라고 부르니 수녀님들이 와아, 하며 환호했다. 하늘까지 쩌렁쩌렁 울리게 손뼉을 치던 할머니가 말했다.

"이따가 우리 집으로 와요. 내가 요깃거리 좀 챙기고 있을게요. 다들 같이 가시죠. 우리 집에서 뭣 좀 먹고 힘내서 또 삽질합시다."

할머니를 선두로 밀짚모자에 시커먼 옷을 입은 어른들이 논두렁을 가로질러 갔다. 청주를 구할, 아니 대한민국을 구할, 아니 아니 지구를 구할 히어로들의 행진이다. 세상은 서로를 돕고 보살피는 사람들이 구한다. 진짜 슈퍼 히어로가 나가신다!

........

텃밭을 가꾸었던 적이 있어요. 동네 어른들 말씀으론 텃밭이 서른 평도 안 된다고 했는데 제 느낌에는 300평도 넘는 것 같았어요. 얼마나 바빴는지 몰라요. 손님들이 쉴 새 없이 찾아왔거든요. 토실토실한 쥐, 손바닥만 한 나방, 엄지만 한 거미, 뱀만 한 지렁이, 그리마, 꼽등이 등이 끊임없이 찾아오더라고요. 정말 얼마나 싫었는지 몰라요.
그런데 동네 아이들은 저랑 달랐어요. 징그럽다고 눈살을 찌푸리며 죽이지 않고, 그렇다고 마냥 내버려 두지도 않았고요. 텃밭의 질서는 엄격하게 유지하되 불필요한 살생은 하지 않았어요. 옆집 준이 할머니가 한 말씀이 지금도 기억나요.
이 정도 밭뙈기에선 다 안 죽여도 돼, 다 같이 사는 거여.
할머니는 보이는 것 너머에 있는 걸 아셨어요. 생김새나 태도 너머에 있는 진심, 당장의 이익과 손해 너머에 있는 생명의 존엄함 같은 것을요.
기간테스는 지구를 회복하기 위해 나타난 우주적인 존재로 설정했습니다. 인간에게는 재앙이지만 지구 전체로 봤을 땐 회복제인 셈이지요. 그런데 저는 인간이 초래했으니 당해도 싸다는 이야기는 원치 않습니다. 회복의 길을 모색하며 사는 사람들을 그리고 싶었어요.
「기간테스가 나타났다」 세계에서는 앞으로 석유 화학 물질 사용을 극도로 제한할 겁니다. 도시는 녹지 확보를 위해 온갖 지혜와 기술을 동원해야 하겠죠. 회복을 위한 노력을 엉성하게 할 순 없을 겁니다, 기간테스가 언제 다시 나타날지 모르거든요. 우리 세계도 그래야 할 거예요. 그러니 저도 필요한 만큼만 생산하고 소비하는 삶을 공부하면서 조금 더 불편하게 살아 보겠습니다. 계속 용기를 내겠습니다.

문이소

# 레드 카펫을 깔아 줘요

이필원

경기 종료를 알리는 휘슬이 울려 퍼진다. 금속성의 날카로운 소리가 사그라드는 와중에도 관중석마다 고여 있는 열기는 여전히 뜨거웠다.

또 하나의 경기가 끝났다. 어쩌면 마지막 경기일지도 모른다. 값비싼 업그레이드 시술을 받을 여력이 없는 선수의 이름은 경기 대진표에서 소리 소문 없이 사라지곤 하니까. 그 사실을 잘 아는 모모나는 매일 링 위에 오를 때마다 이번이 마지막 경기인 것처럼 뛰었다.

신체의 특정 부위에 기계를 넣은 격투기 선수의 마지막

은 대체로 조용하다. 팔 혹은 다리를 개조하여 활동했던 선수들이 지금은 어디서 뭘 하며 지내는지는 알 수 없다. 같은 '라운드' 소속 선수였어도 은퇴한 선수들과는 자연스럽게 연락이 끊겼는데, 원래 이렇다 할 교류 없이 지냈기에 그리 이상한 일은 아니었다.

A동과 B동으로 나뉜 숙소에서 선수들은 체력과 정신 관리를 이유로 자유 시간이 제한됐고, 고된 훈련 탓에 겨우 잠만 자고 나오기 일쑤였다.

체력 단련실이나 로커 룸에서 간간이 듣는 소문에 따르면 은퇴한 개조 선수들은 학교로 돌아가는 이들을 제외하곤, 어느 비밀 클럽 같은 데 고용되어 판돈이 걸린 경기에 나간다고 했다. 그야말로 구경거리로 전락하는 건데 어디에서부터 어디까지 사실인지 확인할 방법은 없다. 선수나 코치들 모두 쉬쉬하는 건 물론이고, 괜히 다른 사람의 사생활을 헤집었다가 불똥이 튈 수도 있다는 불안감에 아무도 더 캐묻지 않았다.

한국에서 유일무이한 신체 개조 선수 격투 클럽을 운영하는 향미의 눈 밖에 나면 누구든 끝이 안 좋았다. 선수

자격 박탈 아니면 출전 정지. 이해할 수 없는 차별과 배제를 겪다가 링 위에서 내려오고 싶은 선수는 없을 테고, 그건 모모나도 마찬가지였다.

그러나 링 아래로 내려와야 할 시기가 그리 멀지 않았다는 걸 모모나는 오늘 이 자리에서 다시 느꼈다. 경기 시작 전에 향미가 따로 불러서 했던 말이 아직도 귓가에 생생했다.

모모나, 이번 시즌에 업그레이드 시술 못 받아서 섭섭했니? 너도 알다시피 우리 클럽은 당장 성적을 잘 낼 수 있는 학생을 우선으로 후원하잖아. 장학 재단 쪽도 모든 선수한테 마냥 베풀 수만은 없는 거야. 그렇지만 네가 오늘 경기에서 잘하면 또 모르지.

이런 말을 하던 향미의 눈빛에서 온기는 찾아볼 수 없었다.

모모나는 왼 어깨를 돌리면서 손가락을 움직여 보았다. 어깨부터 손끝까지 뻐근하고, 무릎도 얼얼하다. 3라운드 내내 쉬지 않고 전진과 후퇴를 반복하고 나면 경기의 승패와 상관없이 녹초가 된다.

숨을 헐떡이며 경기장을 돌아보다가 조금 전의 경기 내용을 떠올렸다. 틈을 보이면서 흔들린 순간이 많았다. 얼굴로 곧게 들어오는 주먹을 막아 내며 곧장 공격했지만, 허리를 틀고 주먹을 뻗으면서는 주춤거리고 말았다. 그 와중에 꼴사납게 제 발에 걸려 넘어질 뻔한 건 또 뭐란 말인가.

심판 로봇이 매 순간 정확하게 판정을 내리며 점수를 쌓고 내주길 다시 몇 분. 경기 중후반에 가서는 거의 흐름을 놓쳤으니 지는 게 당연했다. 점수가 적힌 전광판을 올려다보며 모모나는 숨을 골랐다. 경기를 끝냈다는 여운에 잠겨 있고 싶어도 생각이 여러 갈래로 찢어졌다.

언제 이만큼 실력 차이가 벌어진 걸까. 업그레이드 시술 횟수를 제외하면 거의 같은 체급인데, 동갑내기인 화수의 경기력은 나날이 압도적이다.

쿵, 쿵, 쿵.

평소보다 심장박동수가 올랐다고 알리는 경고음이 귓가에서 울렸다. 이음매가 조금 헐거워졌나 싶어 왼팔을 돌려 보던 모모나는 기능성 수건을 목에 걸친 채 다가오는 화수를 보고 잠시 질린 표정을 지었다.

"모모나!"

완전히 녹초가 된 모모나와 달리 화수는 이제 막 링 위로 올라오기라도 한 것처럼 활짝 웃고 있다. 그 웃는 얼굴을 보며 모모나는 화수를 이루는 것이 뼈와 살만이 아닐 거라고 생각했다. 그렇지 않고서야 저렇게 경기 전후로 산뜻한 상태일 수 없을 테니까. 얼마 전 오른팔의 커넥터를 수입 모델로 교체했다는 화수는 이제 사람보다 기계의 영역에 발을 더 들이고 있을지도 모른다.

화수가 어깨를 툭 치며 장난스럽게 물었다.

"따로 업그레이드 받은 거야?"

화수의 시선이 모모나의 왼손부터 팔꿈치까지 덮고 있는 은색 글러브에 머물렀다. 글러브로 말하자면 먼 옛날 서양 기사들이 착용했다는 건틀릿과 비슷하게 생긴 의료 장치로, 마비되어 움직일 수 없는 왼팔의 감각과 운동 명령을 세세히 도와주는 개인 맞춤형 의수였다.

"아니. 그럴 돈 없어."

운 좋게 신체를 보완하고 강화하는 시술을 받았으나, 모모나는 그것이 살면서 받은 처음이자 마지막 혜택이라는 사실을 이제 받아들이기로 했다.

점점 가라앉고 있는 기분을 잘 붙들어 맨 모모나는 일부러 턱을 치켜들며 웃었다.

"넌 여전히 에이스답네."

"나야 늘 발전 중이지!"

"아. 내가 또 뻔한 말 했나?"

"괜찮아. 자주 해 줘. 맨날 들어도 안 지겨우니까."

화수의 너스레에 혀를 차려다가 어쩐지 웃고 싶어졌다. 오늘이 마지막 경기라면, 화수 너와 맞붙고 은퇴하는 것이니 영광이라는 말은 굳이 꺼내지 않았다. 모모나는 반쯤 홀가분한 기분으로 경기 직후의 포만감을 만끽하기로 했다.

화수는 언제나 전력을 다한다. 그리고 그런 화수를 상대한 경기에서 모모나는 대부분 처참한 수준으로 패배했지만, 어느 한 사람이 울며 끝낸 경기는 단 한 번도 없었다.

"화수!"

"화수야! 여기 좀 봐 줘!"

"모모나!"

관중들의 환호와 하나둘 자리를 뜨기 시작하며 내는 웅성거리는 목소리가 탈의실로 이어지는 복도까지 울려 퍼졌다. 새삼스럽게 귀가 먹먹해진 모모나는 귓속에 들어간 물이라도 빼듯 고개를 숙이고 몇 차례 뛰었다.

"수고했다, 얘들아."

선수 대기실 앞 벽에 기대 서 있던 향미가 두 팔을 벌리며 다가왔다. 그 품에 살짝 안겼다가 물러난 모모나와 화수는 방금 전의 경기 여파로 여전히 얼굴이 새빨갛게 달아올라 있었다.

"우리 화수, 펀치가 확실히 강해졌던걸!"

"감사합니다."

화수의 입꼬리가 살짝 올라가는 걸 보다가 고개를 돌린 모모나는 향미와 눈이 마주치자 저도 모르게 뜨끔했다.

격투 클럽 '라운드'의 관장. 스포츠 사이보그 장학 재단이라는 거창한 단체의 이사장인 향미는 당근을 주다가도 채찍을 휘두르는 냉철한 여자였다.

"모모나는 풋워크 가다듬은 거 확실히 보이던데?"

향미의 자홍색 입술 사이로 오늘 경기를 낱낱이 관전한 사람만이 할 수 있는 말이 쏟아졌다.

"그치만 역시 가드가 약해. 체력 단련실 출석률이 같은 체급 선수들 중 제일 높으면서도 그 수준인 건, 뭔가 잘못된 거니까 잘 생각해 보고."

살며시 미소 지은 향미는 바로 보름 뒤에 있을 친선 경기 토너먼트에 대해 설명하기 시작했다. 모모나는 왠지 아려 오는 왼쪽 팔꿈치를 살며시 잡았다 놓고는 향미의 눈치를 조금 보다가 탈의실로 걸어갔다.

"모모나! 이따 올 거지?"

화수가 뒤에서 황급히 묻는 목소리에 모모나는 돌아보지 않고 손만 흔들었다.

복도 끝에 다다르자마자 스틸 글러브를 완전히 벗고 주먹을 쥐었다. 언제부터였을까. 향미가 주는 당근마다 독이 묻어 있어 입맛이 쓰게 느껴지고, 경기 전후로 찾아와 휘두르는 무형의 채찍질에 찢겨 나간 살점이 내내 아물지 않고 있는 게.

향미는 이제 모모나를 그가 관리하고 감쌀 선수로 여기지 않는다. 오랜 시간 '라운드'에서 눈치 보며 쌓아 온 직감이 말해 주고 있었다. 마이크로컴퓨터건 초소형 칩이건 그것을 동력으로 작동하는 인공손을 장착한 모모나는 이제 선수로서 쓸모없어진 것이다.

소모품이구나.

모모나는 조용히 웃었다. 아마 그럴 것이다. 기계를 일부 심은 몸이지만 더는 성능을 높일 수 없는 여건이니, '라운드'의 난다 긴다 하는 선수들에 비하면 영 필요 없는 선수가 아닌가.

……그 수준인 건, 뭔가 잘못된 거니까 잘 생각해 보고.

"나도 알아."
조그맣게 중얼거린 모모나의 어깨가 힘없이 처졌다.

경기 뒤에는 늘 입맛이 없다.
젓가락을 내려놓은 모모나는 물로 배를 채웠다. 향미

쪽에서 미리 식당 정보를 흘린 모양인지, 입구에서 진을 치고 있던 기자들이 사진을 찍어 대는 통에 출입문 앞이 카메라 플래시로 번쩍거리며 한참 소란스러웠다. 그 때문에 한 줌 있던 식욕마저 달아났다. 아니 어쩌면 그들이 소곤거리던 목소리를 하필 주의 깊게 잘 들은 탓일지도 모른다.

쟤네야? 라운드 관장이 손, 하면 손 주고, 엎드리라면 엎드릴 개들이?

"뭐야. 다 먹은 거야?"
절반 이상 남긴 음식을 보고 화수가 어리둥절한 표정을 지었다.
"웬일이야? 훈련 마치고도 밥 두 그릇은 거뜬히 비우면서."
"그냥."
심드렁히 대답하며 자리에서 일어나는 모모나를 보고 화수는 눈을 동그랗게 떴다.

"어디 가?"

"숙소."

"벌써?"

"응. 피곤하네. 에이스는 남아서 자리를 빛내셔."

"치사해. 같이 있어 주지."

손을 내저은 모모나는 서둘러 식당을 벗어났다. 화수에게는 미안한 일이지만 남을 챙길 기력이 없을 정도로 피곤했다. 모모나는 앞만 보며 빠르게 걸었다. 머리를 좀 식히고 싶었다.

숙소 건물의 계단을 뛰어오르던 모모나는 익숙한 웃음소리를 듣고 저도 모르게 모퉁이에 숨었다. '관계자 외 출입 금지'라는 굵직한 글자가 붙어 있는 사무실 문이 살짝 열려 있는 것이 보였다. 향미가 가끔 머무는 곳으로, 선수들 사이에서는 비밀의 방으로 불리는 그곳에 불이 켜져 있었다.

"그 녀석들도 알겠지. 남은 평생 발버둥 쳐도 그 조그만 링을 벗어날 수 없다는 걸."

함부로 떠드는 목소리를 엿듣는 모모나의 눈썹이 비딱

하게 찡그려졌다.

"눈치 빠른 몇 명은 시술을 받는 순간부터 뼈저리게 느꼈을 거야. 제 몸에 칩이며 전자회로 같은 걸 거저 심었으니 편하게 살 수 없다는 걸. 평생 격투해야지. 이왕이면 돈도 왕창 끌어오면서. 이제 와 딴 걸 바라면 배은망덕한 거라고."

우아하고 상냥한 목소리는 그동안 선수들을 구워삶는 일이 얼마나 쉬웠는지를 구구절절 뽐냈다.

"배틀 로봇 경기가 금지되고 나서 얼마나 따분했어? 그치. 최대 볼거리이자 돈벌이 수단인 걸 누가 몰라. 양심의 가책? 무슨 소리야, 우린 개네 은인이야. 일단 비싼 돈 들여서 키워 주고 있잖아."

창문가로 향하는지 구둣발 소리가 묵직하게 울려 퍼지는 걸 들으며 모모나는 마른침을 삼켰다.

어디든 갈 수 있는 나이라고 배우며 자라고 있지만, 어디로도 갈 수 없는 나이였다. 적어도 '라운드'와 계약하여 선수로 활동하는 이상 시술을 받기 전으로 돌아갈 수 없는 거다.

강화된 신체 능력은, 진짜 능력으로 인정받지 못했다. 그저 더 세고 자극적인 싸움을 구경하고 싶어 하는 사람들의 눈요깃거리 수준으로 굴러떨어졌다.

오래전 개나 소, 닭 같은 가축을 싸움 붙여 구경하던 문화가 있었다는 걸 안다. 시간이 흘러 그 대상이 로봇으로 이어졌다가 로봇권이 도입된 이후 배틀 로봇 경기는 법적으로 금지되었다. 격투기는 선수를 보호하기 위한 규칙이 적용되는 스포츠 종목이지만, 인공사지 시술을 받은 이들이 링 위에 오르는 시합은 유흥 거리로 소비되곤 했다. 선수들이 저마다 훈련을 통해 만들어 온 기술과 힘을 겨루는 시합이라기보다는, 시술받은 인공사지 기능과 기술을 평가하는 무대가 된 건데, 그러다 보니 선수를 인간이 아니라 로봇으로 바라보는 시선이 생겨났다. 마치 사라진 배틀 로봇을 대체하기라도 한 것처럼.

그런 처지를 새삼 일깨워 주는 말을, 향미에게서 들을 줄이야. 한때 의지했던 사람이 실은 자신을 혐오하는 존재였다는 것을 깨닫자 큰 충격이 몰려왔다.

쿵, 쿵, 쿵. 귓가에서 때아닌 맥박 소리가 울려 퍼지며 속이 울렁거렸다. 방이 있는 3층 복도 끝으로 살금살금 걸어가는 동안 심장이 터질 것만 같았다. 우리는 아무 결정권 없이 정해진 대로 링 위에서 살았구나. 보이지 않는 노끈에 온몸이 묶여 사는 인형에 불과했구나.

나 스스로 갈고닦아 왔다고 믿은 길이, 실은 남들이 만든 허상이었다는 사실이 머릿속에 먼지처럼 나뒹굴었다. 경기에서 이기겠다는 승부욕, 여러 지역 토너먼트에서 살아남아 다시 한번 화수와 대결해 보고 싶다는 마음이 처음부터 제 것이 아니고 어른들이 만들어 놓은 것이라는 생각이 들자 구역질이 치밀었다.

모모나는 하얗게 질린 얼굴로 방으로 들어갔다. 모모나의 귀가를 제일 먼저 알아차린 가정용 센서의 음성 신호를 끄자, 방 안이 고요에 잠겼다.

침대에 누워 천장을 노려보는 동안 왼쪽 팔꿈치에서 미세한 진동이 느껴지는 듯했지만 생체 신호는 문제없다. 이 정도면 썩 괜찮은 상태다. 하지만 경기에서 진 것보다 분한 감정에 휩싸인 모모나는 왼손으로 침대 매트리스를 내리쳤다.

배틀 로봇을 대체하여 치고받으며 살고 말았다. 경기를 주최하고 선수를 양성할 자격이 있는 이들의 자산을 은밀히 불리는 수단으로. 생명의 은인이나 다름없는 향미를 맹목적으로 따르면서. 어른들의 친절과 시술 후원에 대하여 어떠한 의심도 하지 않은 채.

3년 전 드물게 경로를 이탈한 무인 자동차가 학생을 치는 사고가 있었다. 그 사고로 왼쪽 팔꿈치 관절이 완전히 작살난 피해자가 도내에서 촉망받는 격투기 선수라는 후속 보도가 한때 지역 방송국에서 비중 있게 다뤄지기도 했지만 수많은 사건 사고 속에서 금방 잊힐 일이었다.

이 사고가 전 국민의 관심을 받게 된 이유는 따로 있었다. 때마침 인공사지 관련 기술이 급부상하고 있었고, 사고 후유증으로 왼팔 신경마저 마비된 불운의 주인공에게 인공사지 시술 가능성이 열렸기 때문이었다.

모모나처럼 예기치 못한 사고로 본래 신체 기관의 기능을 상실한 10대를 선발해 지원하는 장학 재단이 주목받고 있었던 것도 매우 다행이라고 해야 할까. 재활 치료용 로

붓을 구매해야 하나 고민하던 모모나의 엄마에게 격투 클럽 '라운드'의 관장인 향미가 먼저 개인적으로 연락을 해 왔다.

어머님, 여기서 선수복을 벗기엔 모모나의 재능이 아깝다는 것을 어머니도 잘 알고 계시겠죠. 저희 라운드는 모모나처럼 경기 성적이 좋지만 신체 보강이나 강화가 필요한 아이들에게 시술을 지원하고 있습니다. 보내 드린 팸플릿 확인하셨어요? 우리 기술은 인체와 기계의 결합률이 높아, 선진국과 비교해도 뒤처지지 않고요. 마침 정부에서 청소년 스포츠 인재를 대상으로 하는 인공 시술 프로그램에 지원을 확대할 방침이어서 초기 시술 비용은 90퍼센트 이상 장학 재단 그리고 여러 협회에서 나눠 부담한다고 보시면 되고요. 부작용이 아예 없다고 할 순 없지만 모모나의 꿈을 계속 이어 가려면…….

그 이후 모모나는 여러 신체검사와 심리검사를 병행하며 시술 날짜를 잡았다. 시술을 받은 뒤 왼쪽 팔을 다시

제 몸처럼 움직일 수 있게 됐는데, 근력 강화 장치를 한 단계 업그레이드한 걸 제외하면 관절에 박힌 커넥터를 바꾼 적은 없었다. 교체 주기가 5년이라는 안내를 받았지만 모모나는 다시 시술을 받을 생각이 없었다. 기적은 한 번으로 충분한 것 같았고, 무엇보다 비용을 감당할 여유가 안 됐으므로 일찍이 마음을 정리한 것이다.

체력 단련실 앞에서 서성이던 모모나는 심호흡을 한 번 하고 문을 활짝 열었다. 듣기 좋은 음악이 와락 달려들었다. 이름 모를 가수의 노랫소리가 커다랗게 흐르고 있었다. 지난 세기의 명곡을 반복해 듣기 좋아하는 화수가 고른 노래일 것이다.

"모모나!"

먼저 와 있던 화수가 두 발을 부지런히 움직이며 인사했다. 리듬에 맞춘 화수의 풋워크는 단순히 공격과 방어를 위한 전진이나 후퇴가 아니라 춤을 추는 것처럼 보일 만큼 매끄러웠다.

불의의 사고로 피부 아래 기계를 이식한 모모나와 다르게, 화수는 단지 신체 능력을 키우려는 목적으로 장학 재단의 복잡한 절차를 거쳐 시술 기회를 따낸 인재였다. 실력 좋은 선수가 기꺼이 실험 대상이 되어 준다는데 마다할 기업이 있을까? 스스로 인간이자 기계가 된 화수는 과거보다 낮은 체급으로 선수 생활을 하고 있지만, 만족해하며 온갖 훈련과 경기를 치러 냈다.

너는 몸 만드는 게 그렇게 좋냐? 업그레이드 시술 명단에 이름 올리는 걸 어떻게 스스럼없이 할 수 있어? 여러 번 시술을 받은 언니 오빠들은 두통이나 이명 증상을 호소하기도 하는데, 넌 부작용이 무섭지 않아? 그보다도 선수가 원한다면 언제든 비용을 치르고 시술을 받을 수 있는 현실이 꺼림칙하지 않은 거냐고. 언젠가 화수에게 그렇게 물은 적 있었는데, 그때 화수가 뭐라고 대답했는지 모모나는 지금도 똑똑히 기억했다.

"내가 자꾸 나를 뛰어넘는 기분이 좋아."

화수는 숨이 멎을 때까지 링 위에서 뛸 애였다.

그러나 모모나는 달랐다. 상대방의 허를 찌르는 반격과 적절히 속임수를 쓸 줄 아는 센스, 기술과 전략을 몇 번이고 가다듬으며 다양한 공격 옵션을 갖추기 위해 끊임없이 노력하는 선수로 사는 일을 온전히 즐기기는 이제 틀렸다.

애초에 사고를 당하지 않았다면, 시술을 받지 않았다면 가능했을지도 모른다. 그랬다면 인권 침해를 당하지 않는 아슬아슬한 선에서 구경거리가 된 격투기를…… 하지 않아도 됐을까.

"언제까지 이렇게 살 거야?"

그 말이 재채기처럼 튀어 나가는 걸 모모나는 막을 수 없었다.

화수가 그게 대체 무슨 소리냐는 얼굴로 바라보자, 모모나는 다시 한번 힘을 주어 물었다.

"넌 은퇴할 생각 없지?"

"갑자기 무슨 소리야?"

"다른 걸 해 보고 싶었던 적 없어?"

우리에게 할 일이 달리 뭐가 있느냐는 화수의 눈빛을 읽으며 모모나는 입술 안쪽을 살짝 씹었다. 할 수 있는 일이야 많겠지. 다른 선택지야 찾아보면 수두룩할 것이다. 우리가 스스로에게 한계만 두지 않는다면.

"너 뭔 일 있어?"

화수가 조심스럽게 물었다.

향미가 선수들에게 간혹 손찌검하기도 한다는 것을 모르지 않는 화수는 이제 웃음기 없이 진지한 얼굴이었다. 모모나는 고개를 저었다.

"우리 아직 열여섯이야. 어느 날 갑자기 선수 생활을 접어도 이상하지 않다고."

"넌 있어?"

잠자코 모모나를 바라보던 화수가 차분한 목소리로 받아쳤다.

"글러브 끼고 치고받는 일 말고, 다른 일을, 넌 찾았어?"

"……."

"하긴. 모모나 넌 뭘 해도 잘할 거야."

누구라도 그런 말을 들으면, 아무리 직전까지 울거나 화를 냈더라도 웃고 말 것이다.

"바보야. 갑자기 칭찬하지 마."

모모나가 눈썹을 찡그리며 웃었다.

"이제부터 찾을 거야. 내가 링 밖에서 할 수 있는 게 뭐가 있는지."

끝으로 치닫던 노래가 끝나고 잠시 정적이 흘렀다.

"링 위에서만 살기엔 너무 아깝잖아, 내가. 그 사람한테 확실히 말하고 떠나고 싶어."

그 사람이 누구인지 이미 아는 눈치인 화수의 눈을 뚫어져라 보며 모모나는 말을 이었다.

"덕분에 몸에 기계 넣고, 필요한 약물 제때 먹으면서 시합할 수 있었던 건 고맙지만."

눈앞에 '라운드'에서 스쳐 지나갔던 선수들 얼굴이 떠오른다. 지금은 이름도 제대로 기억나지 않는 그들이 업그레이드 시술 비용이 필요하다고 한탄하던 목소리. 그리고 향미와의 면담 이후 체력 단련실에서 눈에 띄게 넋을 놓고 있던 모습. 어느 순간 숙소에서 짐을 빼고 자취를 감춘 그들을 두고 향미가 낙오자라고 중얼거리던 순간을 되새겼다.

"우리는 당신 같은 어른들 놀음판에 쓰이는 패가 아니라고 말하고 싶어. 가능하면 제대로."

팔에 기계를 넣고 링 위에서 뛰어온 지 2년 차에 접어든 화수는 '라운드'의 명실상부한 간판스타였다. 화수보다 체급이 높은 선수는 많았으나, 관중석을 꽉 채우는 티켓 파워를 가진 선수로는 화수가 손꼽혔다.

유소년 전국대회에서 처음 만나 친분을 유지하고 있는 모모나로 말하자면 화수의 거의 유일한 친구였다. 활발하게 보이지만 의외로 낯을 가리는 화수가 속내를 거리낌 없이 털어놓을 수 있는 선수는 모모나뿐이었다. 그렇기에 모모나와 언제까지고 링 위에서 뛸 수 있을 거라고 생각했다. 티타늄 금속이 다량 쓰였다는 스틸 글러브를 낀 채 라운드마다 부딪힐 일이 적어도 20년 이상 지속될 거라고 여겼다.

그런데…… 이게 뭐지?

꿈속에서 화수는 주춤거렸다. 의식하지 않은 사이에도 줄곧 걸어왔을 원형의 링 안에 서 있었다. 끝이 보이지 않는 링 한가운데에서 불안하게 두리번거리던 화수의 눈에 뭔가 박히듯 들어왔다.

발치에 뭔가가 있었다. 진홍빛의 조그만 그것은 저 혼자

꿈틀거리고 있었다. 심장이다. 화수는 그것을 들고 물끄러미 살펴보았다. 두근두근, 화수의 손 안에서 화수의 심장이 뛰었다. 그 순간 점성도 높은 감정이 화수의 손에 끈적하게 달라붙었다. 감정의 이름은 호기심이었다.

 잠에서 깬 화수는 저도 모르게 아, 하고 탄식했다.

 어릴 때 아빠와 같은 꿈을 꿨던 게 기억났다. 거짓말처럼 잊고 있었다. 구조 로봇이 보급되어 활동하고 있었지만 로봇의 기능으로 해결할 수 없는, 사람이 반드시 필요한 재난 장소가 지금도 곳곳에 존재했다. 화수는 중얼거렸다. 나는 사람을 구하는 일을 하고 싶었지. 신체 일부의 힘을 링 위에서보다 더 많이 출력하여 생명을 구해 내는 일을, 나는 하고 싶었지.

 글러브를 끼고 링 위에서 사는 일에 의구심이 아예 없었던 건 아니다. 이게 정말 내가 원하는 일인가, 하고 불현듯 고민하다가 불에 덴 듯 놀라 체육관으로 도망치듯 달려갔던 날도 있었으니까.

 경기 전후로 '라운드' 소속 선수들의 분위기가 뒤숭숭하다는 것을 모른 척하기란 어려웠다. 배틀 로봇이 시합

도중 수리가 불가능할 정도로 부서져도 아무렇지 않게 바라보던 시선이 이제는 팔과 다리에 금속 장치를 부착한 신체 개조 선수들에게로 고스란히 이어지고 있다는 걸 화수도 알고 있었다. 대진표의 맨 꼭대기에 이름을 올리는 에이스여서 비교적 평탄히 생활하고 있을 뿐이었다.

그러나 경기장에서 느끼는 즐거움이 차근차근 학습된 것이라면, 인생을 걸고 하는 경기가 누군가의 비틀린 즐거움을 위한 눈요깃감에 불과하다면, 지금 여기에서 그만두는 게 옳을까. 컨디션 관리와 경기 성적만을 생각하느라 외면해 왔던 의문이 화수를 뒤흔들었다. 흔들리는 와중에 모모나의 단호한 얼굴이 스쳤다.

은연중에 뒷전으로 미뤄 왔을지도 모르는 사실을 기어이 입 밖에 내는 모모나는 용감하다. 용기는 깊은 우물에서 손수 퍼 올리는 물과 같아서 일부러 두레박을 떨어뜨리고 그것을 끌어올리는 수고를 들여야만 얻을 수 있는 것. 먼 옛날 조상들이 지하 깊숙한 데서 솟아오르는 물을 퍼내던 모양새로 용기를 끌어내 살아야 하고, 그럴 때 암반수 같은 용기는 마를 날이 없을 것이다. 모모나의 용기는 그런 거였다.

 씩 웃는 화수의 눈빛이 반짝였다. 모모나의 의미심장한 고백을 들은 날부터 끊임없이 두리번거린 보람이 있다. 링 안과 밖을, 숙소와 체력 단련실, 경기장 등을 걸으며 생각을 거듭한 끝에 화수가 찾은 길은, 격투기다. 악조건에도 불구하고 여전히.

 가시밭길에 깔린 레드 카펫이어도 그 위를 걷고 싶다. 계속해서 링 위에 오르고 싶다. 가능하다면 언제까지나 글러브를 끼기를 바란다. 환호하는 관중들의 시선을 한 몸에 받으며 승리의 길을 좀 더 걷고 싶고, 땀 흘려 온 오랜 시간을 헛되게 하는 사람들에게 휘둘려 꿈을 포기하고 싶지 않다. 반드시 이기려는 마음이, 경기 외적인 상황에서도 어떻게든 버티고 나아가고 싶다는 정성스러운 마음이 너무 컸다.

 모든 방해 요소를 뛰어넘고 많은 순간 이겼다고 외칠 수 있도록 멈추지 않을 것이다. 화수를 걷거나 뛰게 만들고, 웃거나 울게 하는 건 언제나 격투기뿐이니까. 변함없이 경기장에 서고 싶다는 열렬한 의지가 새로운 패턴으로 화수의 가슴에 자리했다.

스틸 글러브를 낄 때면 귓속에서 메아리치는 말이 있다. 엄마가 왼쪽 팔꿈치의 보조 장치를 갈아 주며 모모나에게 했던 충고들. 그것을 이루는 말의 형태는 매번 달랐지만 의미는 같았다.

모모나, 잘 들어. 네 왼손에는 그날 그 사고 이후 보이지 않는 색연필이 쥐어져 있어. 그것으로 생활 반경을 스스로 그어 가며 지내게 될 텐데 부디 지레 겁먹어서 네 생각과 행동 범위를 좁히는 멍청한 짓은 하지 마라. 네 눈에만 보이던 선이 어느 순간 어떤 표지가 되어 널 주춤하게 만들 테니까. 모모나 네 한계는 여기까지라는 장력 같은 게 생기는 건데, 그 힘이 널 어디로도 못 가게 고정해 놓을 거야. 그러니 가능하다면 멀리까지 선을 그어. 로봇 팔이니 뭐니 하는 걸 장착했다고 해서 네가 예전의 널 잃어버리게 되는 거 아니고, 고작 기계의 성능 한도 안에서만 왼팔을 쓸 수 있는 것도 아니야. 잔소리로 들리겠지만 부디 명심해라.

그리고 그 말을 무사히 체내에 흡수하여 어엿한 열여섯 살이 된 모모나는 지금 원형 경기장으로 이어지는 어두운 복도에 서 있다.

마지막 기회였다. 그러니까 지금 이 순간까지 머릿속을 어지럽히는 새로운 가능성을 접고 마음을 바꿔 얌전히 선수 생활을 이어 갈 기회. 이 길에서 벗어나면 같은 길로 들어서기 어려울 테고 오늘 밤이 지나면 많은 게 바뀔 터였다. 그래도 괜찮을까, 생각해 보지만 결론은 단 하나.

괜찮을 것이다.

설령 바뀌지 않더라도 타격이 크지 않을 거라고 모모나는 확신했다.

"모모나."

나란히 서서 경기장 조명 불빛을 바라보던 화수가 한참 만에 입을 열었다.

"혹시 후회되면 지금이라도……"

"후회 안 해."

모모나의 단호한 대답에 화수는 살며시 웃었다.

"딴 애들은 뭐래?"

모모나는 입술을 비죽 내밀며 휴대폰을 들어 보였다. 화면 위로 모모나와 화수의 계획을 들은 일부 선수들의 메시지가 하나둘 뜨기 시작했다.

알려 줘서 고마워. 관장님 폭언을 일상처럼 받아들여선 안 됐었는데.

야, 네 계획 진짜 무모하다. 난 사고 치면 안 돼.

맞아. 시술 조건으로 5년 동안 국내외 경기 출전. 이거 사실 노예 계약이지. 인간이냐 기계냐 따지는 애들보다 어른들이 더 재수 없어. 사회 공헌 차원의 아름답고 획기적인 기술? 고맙지. 고마운데, 내 팔과 다리를 겨우 어른들이 정한 출력값만 내면서 살긴 싫어.

갖가지 색상으로 들어오는 홀로그램 메시지를 물끄러미 보던 모모나와 화수는 천천히 고개를 들어 눈을 맞췄다. 며칠 전 화수가 '라운드'에 남아 선수 생활을 이어 가겠다고 말했을 때, 모모나는 그저 안아 주었다. 화수에게는 화수가 할 수 있는 최선의 선택이 있다는 걸 받아들이기로 한 모모나는 그날 화수 몰래 조금 울고 말았다.

그리고 바로 어젯밤 화수는 모모나가 마지막 무대를 잘 치를 수 있도록 돕겠다고 먼저 말을 꺼냈다.

"명색이 에이스인데 사고 쳐도 괜찮겠어?"

모모나가 너그러운 말투로 묻자, 화수가 가소롭다는 듯 콧방귀를 뀌었다.

"네 은퇴 무대 좀 꾸며 준다고 해서 쫓겨나진 않을 거야. 벌이나 며칠 받겠지. 난 에이스니까!"

"……좋아. 간다."

모모나가 보폭을 넓혀 걸었다. 한 발 뒤에서 따라오던 화수가 구호를 넣듯 외쳤다.

"가자!"

대기실에서 경기장으로 이어지는 복도가 평소보다 멀게 느껴졌다. 좁은 복도를 걷는 동안 속에서 여러 감정이 정전기처럼 튀어 대고, 모든 감각이 예민하게 느껴졌다.

미국 청소년 격투 클럽과 친선 경기를 앞둔 지금 사방에서 숨소리가 조그맣게 들려왔다. 가까이 닿아 있는 누군가의 어깨 덕분에 허전하지 않았다. 그리고 경기에서 이겨야겠다는 승부욕이 아니라 장기 자랑을 앞둔 것만 같은 설렘이 걷잡을 수 없이 부풀어 갔다.

한 사람 이상의 심장박동이 엇박자로 뛰면서 리듬을 만들어 가는 순간. 장내 마이크의 음량을 확인하는 기계음을 뚫고 미리 녹음해 놓은 모모나의 경쾌한 목소리가 흘러나왔다.

아아, 신사 숙녀 여러분. 모모나의 은퇴 무대에 오신 것을 환영합니다.

야유와 환호성을 뚫고 걸어 나가는 발걸음은 살아오면서 내디딘 걸음 중에 제일 가벼웠다.

꽃다발 같은 건 필요 없고, 그냥 레드 카펫을 깔아 줘요. 글러브 벗고 얼마나 끝내주게 걸어가는지 지켜봐 달라고.

링 위로 오른 모모나는 스틸 글러브를 착용한 왼손으로 눈가를 가렸다. 눈이 부셨다. 구름 위로 뛰어오른 듯이.

그때 화수가 준비한 노래가 울려 퍼지기 시작했다. 여러 가수의, 당대에는 히트하지 못했지만 언젠가 반드시 히트하게 될 노래들이 은퇴를 결심한 모모나의 가슴을 뜨겁게 데웠다.

"너희 지금 뭐 하는 거야!"

멀리서 향미의 날카로운 목소리가 날아들었다.

"모모나, 너 잘 생각해. 이 난리 쳤다가 다시 돌아왔을 때도 네가 설 자리가 있을 것 같아?"

사납게 치뜬 눈을 내려다보며 모모나는 왼손을 입술에 댔다가 뗐다. 비열하고 아름다운 어른에게 보내는 처음이자 마지막 손 키스였다.

"안 돌아올 거예요."

"쟤 좀 잡아!"

향미가 비명을 참아 내는 얼굴로 소리쳤다.

출입구를 지키고 있던 경비 로봇이 달려와 팔을 뻗어 왔다. 날쌔게 도망치던 모모나는 머잖아 양손이 붙잡혀

바닥에 엎드리게 되었다. 모모나는 최대한 고개를 들어 주변을 살폈다. 함께 일을 도모한 몇몇 선수 중 단 한 사람의 얼굴이 어른거렸다.

화수.

그 녀석은 괜찮을까? 곁눈질로 보니, 경비 로봇 두 대와 술래잡기라도 하는 모양새로 링 위를 뛰어다니는 화수가 보였다. 모모나는 떨리는 숨을 한번 내쉬고 악을 썼다.

"잡히지 마!"

"누가 잡힌다는 거야!"

화수가 발끈하여 외쳤다.

히죽 웃으며 눈을 감은 모모나는 머릿속으로 뒷걸음질 쳤다. 시간순으로 듬성듬성 이어진 기억을 거꾸로 헤집어 보았다. 지금과 그리 멀지 않은 과거에 모모나는 여기 이 자리에서 관중의 응원 또는 야유를 받으며 경기를 치렀다. 선수 보호와 시술 후원이라는 명목 아래에서 철저히 감시당하며. 스틸 글러브를 낀 모모나의 손과 얼굴, 어쩌면 온몸을 훑던 관중의 눈길과 관심을 오로지 선수를 향한 진실되고 열렬한 응원이라고 여기면서.

그러나 지금 모모나는 그때와 다른 마음을 안고 같은 자리에 있다. 결코 무르거나 느슨하지 않은 마음의 자세를 갖고 여기 있다. 특수 제작된 스틸 글러브를 벗고, 종횡무진 활약할 새로운 경기장을 찾으려고 여기저기 휘둘러 보는 열여섯 살. 스스로 만든 난장판 속에서 이름 모를 가수의 노랫말에 맞춰 흥얼거릴 줄 아는 열여섯 살이다.

모모나는 이를 악물며 눈을 떴다.

........

네가 할 수 있는 건 그것뿐이야. 네 역할은 여기까지야. 이 이상 넘어오거나 감히 넘보지 마. 그런 충고나 경고를 한번이라도 들으면 어쩔 수 없이 가슴에 새겨져 밤잠을 설치게 됩니다. 혹은 나 스스로의 가능성을 내가 먼저 하찮게 여긴 바람에 주춤거리기도 하고요. 학교를 졸업한 어른이 되어도 여전히 수많은 한계와 맞닥뜨리고, 그 상한선의 종류를 떠올려 보는 것만으로도 금방 기운이 빠지니 아무래도 평생 품고 가야 할 슬픔인 것 같습니다. 그런데 가끔은 슬픔이 원동력이 되어 나를 나아가게 만들기도 한다고 믿고 싶습니다.

폐단이 된 지 오래지만 규칙이라는 이름으로 앞을 가로막는 견고한 벽. 나의 역할과 영역을 한정 지으려고 누군가 그어 둔 무례하고 분명한 선. 모르는 사이 내 의지를 담아 쳐 둔 한계 등이 거슬러서 달려들고 싶은 순간. 바로 그 순간이 노도처럼 밀려오고, 그 물살에 기꺼이 몸을 실었던 적이 여러분은 있나요?

담을 넘거나, 선을 건너뛰고, 울타리나 철조망을 부러뜨리고 싶어서 눈물이 나오는 그때, 꼭 필요한 용기가 시기적절하게 터져 나오기를 응원합니다. 나를 옥죄는 한계를 가뿐히 뛰어넘길 바라지만, 꼭 이쪽에서 저쪽으로 가지 않아도 괜찮다고 말하고 싶습니다. 월담하려는 마음을 가져 봤거나, 그 마음을 발판 삼아 도약해 본 것만으로도 이미 레드 카펫 위를 걸을 만큼 반짝이니까요.

이필원

# 나를 초월한 기분

하유지

유월은 마리아나 해구에 있었다.

마리아나 해구, 지구에서 가장 깊은 해저. 그중에서도 맨 밑바닥은 세계 최고봉인 에베레스트산이 잠기고도 남을 만큼 깊었다. 유월은 바로 그 지점을 향해 내려갔다. 어마어마한 수압이 짓누르는데도 탐사정 안쪽은 쾌적하고 안전했다.

"오늘도 보너스 문제 나오겠지?"

이렇게 물으며 옆을 돌아본 유월은 소스라치게 놀랐다. 다정이 없었다!

"얼른 돌아와! 이제 곧 도착이야!"

각종 계기판과 두 좌석만으로 꽉 찬 탐사정 안을 두리번거리며 외친다. 이 좁은 곳에 숨을 구석이라도 있다는 듯이.

안다정, 접속 끊김. 반응 없음.
38초 뒤 목표 지점에 도착. 37초, 36초, 35초……

"이거 10점짜리라고!"
목소리를 쩌렁거리며 소리쳐 봐도 다정의 접속은 복구되지 않았다. 10점짜리 문제를 풀어 보지도 못하고 놓치게 생겼다. 모둠 활동이라 오유월과 안다정, 두 사람이 함께 목표 지점에 도착하지 않으면 실격으로 처리된다.
이런, 도착했다!

문제: 비닐 쓰레기를 수거하시오. (10점)
보너스 문제: 해양 생물의 사진을 찍으시오. (2점)
안다정, 접속 끊김. 반응 없음. 모둠 활동 실격.

공중에 문제와 경고가 잇달아 떴다. 예상대로 보너스 문제까지 있었지만 무슨 소용인가, 다정이 접속을 끊고 사라지는 바람에 망쳐 버렸는데.

유월은 짜증을 주체하지 못하고 주먹을 휘둘러 메시지를 지웠다. 그러거나 말거나, 탐사정 주변을 헤엄치는 물고기가 창문 밖으로 보였다. 피부가 반투명한, 연분홍색 꼼치였다. 유월은 한숨을 내쉬고는 촬영 기능을 활성화했다. 눈으로 들어온 시각 정보가 후두엽을 거쳐 두정엽과 측두엽으로 나뉘어 전달되는 과정에서, 꼼치의 모습이 사진 형태로 캡처되었다. 실격이라지만 여기까지 와 놓고 빈손으로 물러가기는 아쉬웠다. 전조등을 밝혀서 어두운 심해를 비추며 쓰레기도 찾아본다.

아, 저기 있다. 썩지도, 죽지도 않는 물고기처럼 물속을 헤엄쳐 다니는 비닐 조각. 쓰레기 수거용 뜰채로 비닐을 낚아채자, '인류가 배출한 각종 쓰레기가 지구환경을 오염시켰습니다. 해양 오염도 매우 심각한 상태로, 바다에서 가장 깊은 골짜기인 이곳 마리아나 해구에도 플라스틱과 비닐 쓰레기가 있습니다.'라는 설명이 떴다. 압니다, 알아요. 그래서 점수 한 점 챙기지 못하는데도 인류 문명의 배설물이나 다름없는 비닐 조각을 수거한 거잖아요.

그런데 잠깐, 어디서 울음소리가 들려온다. 아니, 누가 우는 모습을 본 것 같았다. 아니 그것도 아니고, 누가 흐느끼는 울음소리를 제 안에서 꺼내어 유월에게 보여 준 느낌? 바닷속이 회청색 빛깔로 가득한 상영관이 되어 고요하게 일렁였다. 뭐라 설명하기 어려운 묘한 감정이 유월의 안쪽으로 모여들었다.

접속이 끊긴다.

마리아나 해구에서 느닷없이 튕겨 나와, 교실이다.

반 아이들이 접속용 안경을 쓰고 책상 앞에 앉아 있다. 마므 시스템에 접속하여 마리아나 해구를 탐사하는 중이다. 뇌에 심은 초소형 칩과 전극을 이용해 생각만으로도 컴퓨터와 연결되는, 이른바 '초월 접속'으로 체험하는 가상현실이었다. 안경은 현실 너머에 펼쳐진 현실보다 더 현실적인 가상현실을 주시하느라 초점이 흐려진 눈을 숨기는 데에 필요했다. 가상현실의 바다이자 산이며 하늘이자 우주인 마므 시스템에 초월 접속을 하려면 접속용 안경을 써야 하는 게 규칙이었다.

접속이 끊긴 김에, 배신자 안다정을 찾아 잔소리와 쓴소리로 응징할 차례였다. 유월은 빵점인데 다른 애들은 점수를 챙겼을 테니 속이 쓰리다 못해 욱신거렸다. 문제를 놓치게 한 문제의 다정은 교실에 없었다. 그렇다면 뻔하다. 잠시 뒤, 옥상으로 올라가는 층계참에 웅크리고 앉은 다정을 발견했다.

"뭐야, 또? 너 때문에 모둠 활동 빵점이잖아! 아 정말 너랑 가는 게 아니었어. 생물학자 되겠다는 애가 무슨 심해 공포증이냐. 심해에 생물이 얼마나 많은데! 진짜 바다도 아닌데 그걸 무섭다고 도망가?"

작심한 대로 쏘아붙이던 유월은 말을 멈췄다. 까만 접속용 안경 아래쪽으로 물기가 반짝인 듯해서였다. 콧물인가? 설마 눈물은 아니겠지. 다정이 안경을 추어올리면서 손등으로 뺨을 훑은 탓에 증거가 없어졌다.

"장래 희망은 희망이고, 무서운 건 무서운 거지. 암튼 미안해. 몸이 안 좋아서 그랬어. 선생님한텐 내가 사정 설명할게."

다정은 일어나서 교복 바지에 묻은 먼지를 털더니 유월을 지나쳐 교실로 걸어갔다. 평소라면 '야, 오뉴월! 하여간 점수에 눈이 뒤집혀 갖고 친구는 신경도 안 쓰냐?' 하고 적반하장으로 큰소리쳤을 텐데, 이번에는 뭔가 좀 다르다. 유월은 몇 걸음 앞에 있는 친구가 깊디깊은 마리아나 해구로 빠져드는 듯 멀게만 느껴졌다. 이럴 때는 거리나 깊이나 높이가 상관없는 곳, 마므에서 만나 대화하는 편이 낫다. 시스템에 접속하려는데 경고가 떴다.

접속 불가. 코스모스 그룹 기술지원팀에 문의하세요.

마므 시스템의 개발사인 코스모스 그룹까지 등장하다니, 거창한 경고였다.

모둠 활동을 진행하며 착실히 점수를 쌓고 있을 반 아이들을 생각하니 조바심이 일었다. 다정의 해명을 듣고도 선생님이 유월에게 재시도 기회를 주지 않는다면, 이번 학기 1등은 그것으로 안녕, 물 건너가는 거다. 초월 접속을 재차 시도하는 몇 초가 끝없이 길게 늘어난 팔다리 같았다. 너무 길고 흐느적거려서 유월 마음대로 움직여지지 않는다. 영원을 쪼개어 나온 영원처럼 지루하고 난처했다.

 접속 불가, 접속 불가, 접속 불가, 접속 불가, 접속 불가, 접속 불가, 접속 불가, 접속 불가, 접속 불가, 접속 불가…….

 이건 또 무슨 오류인지, '접속 불가'란 말이 비누 거품처럼 불어나며 허공을 메웠다. 등줄기에 소름이 돋는다. 접속 불가 공포증이라고 할 만한 두려움이 온몸으로 스며드는 동시에 온몸에서 배어 나왔다. 유월은 벽에 부딪힐 때까지 뒷걸음질 쳤다.

 코스모스 그룹 기술지원팀에서도 해결이 안 되는 오류라며 병원 진료를 받아 보라고 했을 때부터 이상했다. 온갖 검사를 거친 다음 블라인드 틈으로 오후 햇살이 새어드는 진료실에 앉은 지금, 유월은 뭔가 잘못되어도 단단히 잘못되었다는 확신에 사로잡혔다.
"검사를 해 보니, 오유월 환자 뇌와 이식된 칩의 연결에 이상이 생겼어요. 그래서 마므 시스템에 접속이 안 되는 겁니다."

"그러면 칩을 새것으로 갈아야 하나요?"

유월이 '환자'라는 말이 던진 충격을 처리하는 동안, 옆에 앉은 할머니가 말했다. 각자 일로 바쁜 엄마와 아빠를 대신하여 보호자 역할을 맡은 할머니는, 올해 초 가벼운 치매 증상을 겪었다. 그러나 뇌에서 문제가 생긴 해마 부분을 마므 시스템이 보완해 주는 덕분에 정상적으로 생활하고 있다.

"그게 그렇게 간단하지가 않습니다. 손녀분은 뇌의 인식 장애라서 칩을 새로 이식해도 이상 증상이 없어지지 않거든요."

"그럼 어떡해요? 저 이제 접속 못 하는 거예요?"

유월은 말끝에 울먹이고 말았다. 최대한 절제해서 이 정도지, 마음 같아서는 발을 구르며 통곡이라도 하고 싶었다. 마므 시스템에 접속하지 못한다면 학교에 다녀 봤자 성적도 최하위권에 대학도 못 가고 취업도 글렀다. 마므는 단순한 인공지능이 아니었다. 인류의 역사와 경험과 지혜와 지식을 집약한 결정체이자, 사회와 세계를 떠받치는 토대였다. 마므 시스템에서 튕겨 나간다면 변변한 우주복도 갖춰 입지 못한 채 우주 공간으로 쫓겨나는 참사나 마찬가지였다.

"문 하나가 닫히면 다른 문이 열린다는 말 들어 봤습니까, 환자분?"

"아뇨."

인식 장애인지 뭔지만 없다면 초월 접속으로 검색해 봤을 텐데.

"그런 말이 있어요. 막다른 길에 다다른 듯해도 둘러보면 또 다른 길이 있다는 뜻이죠. 마므가 개발되기 전, 세상은 어떤 모습이었을까요? 믿을 수 없겠지만 그때는 지금처럼 일주일에 두세 번이 아니라 다섯 번씩 학교에 갔어요. 가상현실이 아니라 칠판을 보면서 공부했고요. 나 때만 해도 그랬다는 얘기죠. 그런데 생각해 보세요, 환자분. 마므 시스템에서 웬만한 건 거의 다 해결되는 요즘에도 왜 학생들을 굳이 학교로 불러서 앉혀 놓고, 급식실에서 같이 밥을 먹게 할까요? 가상현실만으로는 충족되지 않는 물리적이고 생물학적인 삶에도 분명한 가치가 있기 때문 아니겠습니까. 자, 문 하나가 닫혔으니 다른 문을 열어 드리죠."

의사는 연극적 효과를 기대하며 뜸을 들인 뒤에 '짠!' 하는 느낌으로 책상 서랍을 열었다. 크고 묵직한 플라스틱판과 엄지손가락만 한 기기가 덜그럭대며 등장한다.

"세상에, 키보드랑 에펑고잖아요? 이게 얼마 만이야!"

할머니가 반색하면서 손을 뻗는다. 키보드란 물건에 다닥다닥 붙은, 글자가 적힌 버튼을 두드리자 토독, 타닥, 제법 산뜻한 소리가 났다.

"처음에는 이 비슷한 걸 스마트폰이라고 불렀지. 스마트폰 다음에 에펑고가 나왔을 때만 해도 놀라웠는데 이젠 생각만 해도 뇌파로 뭐든 다 된다니, 세상이 변해도 너무 빨리 변했어."

조그만 기기를 손바닥에 올려놓고 할머니가 한 말이었다.

"나는 뇌파로 아무것도 안 되거든요, 할머니."

"초월 접속이 막혀서 가상현실 체험은 안 되겠지만 홀로그램으로 보는 건 가능합니다. 에펑고와 키보드를 써서 수동 접속을 하면 되니까 너무 실망하지 마세요, 환자분."

'접속'이란 말에 두근거리려던 심장이 '수동'이란 말에 고삐를 늦추었다. 키보드인지 에펑고인지 하는 구닥다리만으로도 유물 전시관에 견학 온 느낌인데 수동 접속은 또 뭐지?

"마프 시스템에 이렇게 수동으로 접속해서……, 잘 보세요."

의사가 에펑고를 켜서 허공에 홀로그램을 펼치고는 키보드를 연결해 타닥타닥 작동 시범을 보였다.

"아이고, 선생님. 요즘 애들은 마프 시스템에 살다시피 하는데 이렇게 큰 키보드를 어떻게 갖고 다니겠어요, 거추장스럽게."

할머니가 나이로 치면 아들뻘인 의사를 부드럽게 꾸중하듯 말하더니, 홀로그램 키보드를 펼쳤다.

"환자분, 할머님이 하시는 거 봤죠? 일일이 갖고 다닐 필요가 없는 홀로그램 키보드를 이용하세요. 가고 싶은 곳을 한 군데 말해 볼래요?"

"마리아나 해구요."

유월은 될 대로 되라는 심정으로 중얼거렸다.

"좋아요. 가상현실을 선택하고, 체험은 안 되니까 홀로그램을 선택하고, 마리아나 해구를 치고, 실행 명령을 내리면…… 자, 마리아나 해구입니다!"

영원 같은 10초가 흐르고, 짠! 마리아나 해구를 형상화한 홀로그램이 진료실을 채웠다. 유월은 놀라움에 입을 쩍 벌렸다. 놀랍도록 조잡했다. 이것은 눈으로 보는 홀로그램일 뿐이다. 그 장소에 실제로 있는 듯 생생하게 체험하는 가상의 마리아나 해구는 '이것'이 아니라 '이곳'이어야 한다. 원하는 장소에 실제로 존재한다는 실감. 홀로그램과는 비교가 되지 않을 만큼 현실적이고 사실적인 곳이랄까.

"하다 보면 익숙해질 겁니다. 예전엔 다 이렇게 접속했어요."

의사는 안색이 점점 잿빛으로 변해 가는 유월을 살피더니 말했다.

예전에 어땠는지는 알 바 아니고, 요즘에는 이런 식으로 접속하지 않는다. 원래대로라면 마리아나 해구를 떠올리는 즉시 그곳에 가 있어야 한다. 마리아나 해구에 도착하고서야 내가 여기로 오고 싶었구나, 깨달을 정도로 순식간에. 체험이 아니라 홀로그램인 데다가, 그마저도 수동 접속이라니! 수동 접속은 아무리 능숙해진다 해도 몇 초는 걸릴 것이다. 최소한 2, 3초는 잡아먹겠지. 유월이 다니는 제3학교뿐만 아니라 전국, 전 세계에서 맹렬히 공부 중인 경쟁자들에게 그만큼 뒤처진다는 뜻이었다.

마므 시스템이 발전할수록 사회에서 필요한 일자리와 인력은 줄어들었다. 유월의 부모님만 해도 그 변화의 물결에 발을 담그다 못해 온몸을 흠뻑 적셨다. 젊은 시절에 엄마는 약사, 아빠는 프로그래머였는데 이제는 아무도 흰 가운을 입은 약사를 찾지 않았고, 인간이 한 땀씩 정성스레 짠 코드를 원하지도 않았다. 마므 시스템에 처방전이 전달되면 약이 조제되어 나왔고, 프로그래머 열 명이 백일 동안 매달릴 일도 마므 시스템은 콧김 한번에 해치웠다. 그래서 두 사람은 각각 미용사와 작가로 직업을 바꿔야 했다. 마므 시스템이 개입하지 못하고 인간만이 종사할 수 있게 보호받는 직종이었다. 인류에게 최소한의 일자리를 보장해 주려는 의도였으나 해마다 보호 직종은 감소하는 추세였다. 이렇게 점점 반경이 줄어드는 동그라미 안에 외발로라도 서 있으려면 빠른 접속은 기본 중에서도 기본이었다. 마므 시스템이 대신할 수 있는 일 말고, 마므 시스템 안에서 할 일을 찾아야 했다. 그런데 그 바탕부터 흔들리게 됐으니 유월은 답답하기 그지없었다.

"도대체 원인이 뭐예요? 왜 저한테만 이런 일이 생긴 거냐고요."

유월은 의사에게 따져 물었다. 억울하고 분해서 미칠 지경이다. 마른하늘에 날벼락 정도가 아니라 대형 운석이나 소행성쯤 되는 불운이 머리 위에서 머리 안으로 떨어졌다.

"원인 불명입니다."

불쾌할 만큼 명쾌한 대답.

"매우 드문 경우라는 건 인정하지만, 환자분만 겪는 일은 아니에요. 이 문을 연 사람이 오유월 혼자는 아니라는 얘기죠."

삐걱거리는 수동문 따위 열 생각도 없던 유월은 자리에서 일어났다. 할머니가 에핑고를 챙겨 들고 손녀를 뒤따라 나온다.

"얘, 유월아. 네 이름이 왜 유월인지 아니?"

집으로 돌아가는 자율 주행형 공유 차 안에서 할머니가 물었다.

"몰라요. 유월에 태어나서 그런가?"

차창 밖을 내다보며 건성으로 대답한다. 길거리에는 벤치나 버스에 앉아서, 횡단보도 앞이나 건물 옆에 서서 마므 시스템에 접속해 있는 사람이 수두룩했다.

"그것도 그렇지만 흐를 유(流)에 넘을 월(越), 물처럼 흐르다가 담을 만나면 넘어가라, 그런 마음을 담아 지은 이름이란다."

"이건 담이 아니라 절벽이에요, 할머니. 전 끝났어요. 망했다고요."

"당장은 절벽으로 보이겠지만 누구 말마따나, 그 끝에 문이 있을 거다. 문을 열면 문짝이 쿵 넘어가서 절벽에 놓인 다리가 될지도 모르지."

"다리를 건너면 뭐가 있는데요? 뭐 하나 검색하는 데만도 10초, 20초가 걸리는 느려 터진 원시인의 삶? 전 나중에 치매가 와도 할머니처럼 마므 덕은 못 봐요. 초월 접속이 안 되니까!"
 치매 증상을 들먹이다니 심했다는 생각에 움찔하며 입을 닫는다. 할머니는 그런 손녀의 교복 앞섶에 원시적인 에펭고를 달아 주었다.

 나 이제 초월 접속 안 돼. 뇌가 이상하대.
 수동으로 접속해야 됨. 원인도 모른다 그러고, 말이 돼?

 홀로그램 키보드로 몇 문장을 치는 데만도 백 년쯤 걸렸다. 할머니에게 키보드 사용법을 배우는 일은 천 년쯤 걸렸으니 다정에게 보내는 이 메시지는 천백 년짜리인 셈이었다. 할머니는 초반에만 좀 멈칫거렸지 곧 타라라라락 타닥 경쾌한 소리를 내며 숙련된 솜씨를 선보였다. 유월이 시큰둥하게나마 감탄하자 수줍음과 거만함이 뒤섞인 미소를 지으며 "이게 바로 노년의 지혜 아니겠니." 했고.
 노년의 지혜를 빌린 열여섯 살 손가락으로 한 글자씩 입력하는 작업은 고되고 암담했다. 초월 접속만 된다면 메시지를 떠올리는 즉시 다정에게 전송됐을 것이다. 다정이 보낸 답장만 해도 유월이 '돼?'를 쓰고서 엔터키를 치자마자 도착했다.

지금 알아보니까 수동 접속 완전 속 터진다는데?
근데 원인 불명이면 어느 날 갑자기 멀쩡해지기도 한대.
오뉴월, 왜 대답이 없어? 속 터져서 죽기라도 한 거야?

아닌 게 아니라 속이 터져 죽기 직전이었다. 키보드와 채팅창과 빗발치는 메시지 앞에서 물에 젖은 겨울 점퍼를 입은 듯 온몸이 무겁고 정신은 무력했다. 다정 말대로 어느 날 갑자기 멀쩡해진다면 비교적 다행이겠지만, 이 상태가 쭉 이어진다면? 팔꿈치를 책상 모서리에 부딪힌 듯 괴로운 신음이 나온다. 유월은 손가락의 운동 능력을 넘어서는 채팅을 포기하고 다정에게 전화를 걸었다.
"뭐야, 오뉴월. 웬 전화?"
"메시지 쓰는 거 느려 터져서 답답해. 넌 괜찮아?"
"나? 뭐가?"
"아까 학교에서 운 거. 괜찮아졌나 싶어서."

"내가 문제냐, 네가 문제지."

오늘 하루 한바탕 소동이 벌어지는 중에도, 친구 뺨에서 반짝거리던 물기와 힘없이 돌아서던 뒷모습이 잊히지 않았다. 오유월과 안다정, 두 사람은 단짝이었다. '야, 오뉴월!' 하고 부르면 '왜, 하나도 안 다정?' 하고 답하며 시도 때도 없이 메시지를 주고받던 사이. 이제 메시지 횟수는 줄어들 테고, 이런 거북이 속도로는 모둠 활동도 함께하지 못할 것이다. 우리는 앞으로 어떤 사이가 될까, 유월은 불안해졌다.

"그러는 오뉴월, 넌 기분 어떤데? 괜찮아?"

"하나도 안 괜찮지. 원시인으로 재탄생한 기분이야. 다들 앞으로 가는데 나만 뒤로 가잖아."

"다들 뛰는데 혼자서 기고 있으면 후진이나 마찬가지긴 하지. '오뉴월 엿가락'이란 말 있다는 거 알아? '행동이나 말이 느리거나 길게 늘어진 모양'이란 뜻이래. 엿은 달고 끈적끈적한 음식이고. 딱 네 상황이다, 그치?"

"깊은 이해와 적절한 인용 고맙다, 하나도 안 다정."

"이참에 좀 쉬는 거 어때?"

"뭘 쉬어? 학교? 인생? 미래?"

"오뉴월, 너 이제까지 너무 열심히 살았어. 꼭 점수 캐는 기계 같아서 보고 있으면 조마조마했다고. 기계도 그렇게 돌리면 망가져. 뇌가 이대로는 못 하겠으니까 좀 쉬자고 신호를 준 거 아닐까?"

"공부에 치인 뇌가 아무것도 하기 싫다고 드러눕기라도 했다는 거야?"

"드러누운 것까지는 아니고, 책상 앞에서 일어나 산책하러 나간 정도? 수동이든 홀로그램이든, 접속이 되긴 되잖아."

지금 다정은 마므 시스템에 접속해서 무엇을 하고 있을까? 오늘 오전까지만 해도 유월 역시 한꺼번에 여러 일을 했다. 다정과 메시지를 나누며 학교 숙제도 하고, 새로 출시된 가상현실을 살펴보고, 동네 CCTV에 접속해서 길고양이를 구경하고……. 동시에 최대한 많은 일을 최대한 빨리 해낼수록 유능한 인재로 자라나는 세상이었다.

유월은 이번 학기에 수학 E 과정을 신청했다. 교과서를 훑어본 엄마는 "나 때는 대학에 가서야 배운 내용인데 넌 벌써 이걸 한다고?" 하면서 신기해했다. 정해진 학습 과정을 다른 아이들보다 더 빨리 끝낼수록, 더 많은 걸 배울 수 있었다. 유월로 말하자면, 삼각함수나 미적분 등등을 시시콜콜 구석구석 배워야 하는 교육 체계가 신기했다. 아무리 빨리 익히고 깨우쳐도 마므의 발뒤꿈치에 붙은 그림자도 못 따라가는데 왜 이 고생을 사서 할까?

세상은 유월이 남몰래 느끼는 회의감은 아랑곳하지 않았다. 마므에 조금이라도 가까워진 존재가 되려고 애를 쓰고 기를 썼다는 증거를 원할 뿐이었다. 말하자면 경쟁자는 다른 아이들이 아니라 인공지능 마므, 그 자체였다. 결코 이기지 못할 상대라는 점이 오히려 치명적인 매력으로 작용하는 적수. 그 매력에 끝없이 절망하면서도 현혹되는 오유월은 자타가 공인하는 우등생이었으나, 이제는 벽에 어린 그림자를 멍하니 바라보며 전화 통화 한 가지밖에 못 하는 느림보 엿가락이 되었다.

"아까 내가 운 건…… 아니야, 관두자. 안 그래도 오뉴월 심란할 텐데."

그러면서도 다정은 링크를 전송했다. 유월이 허공에 뜬

링크를 자기 쪽으로 끌어당기자, '비공개 영역에 접속이 허가되었습니다.'라는 안내 문구가 나왔다.

"비공개 영역? 이거 뭐야?"

"비공개 영역? 그게 뭐야?"

다정은 정말 무슨 일인지 모르는 듯했다. 유월은 다정의 비공개 영역이란 것을 열어 보았다. 빛깔과 파동과 소리가 가득했다. 아주 좁기도 하고 무한히 넓기도 한 공간에서 파동이 색색으로 넘실대며 일렁거리고, 그 사이사이로 흐느끼는 소리가 파도쳤다. 마리아나 해구에서 접속이 끊기기 직전에 들은 울음소리였다. 여기는, 이것은, 다정의 감정이었다. 그 속, 그 안이었다. 홀로그램인데도 꼭 가상현실을 체험하듯 생생하다.

비공개 영역이 닫히자, 유월은 친구에게 자기가 어디서 무엇을 보고 듣고 느꼈는지 설명해 주었다.

"되게 슬픈 느낌이었어. 너 무슨 일 있지? 그렇지?"

"요즘 엄마 아빠 때문에 힘들긴 하지……."

유월의 이야기를 듣기만 하던 다정이 대답하더니, 하소연을 시작했다.

"둘 사이가 최악이야. 살림까지 부수면서 싸워. 보고 있으면 왜 저렇게까지 추락해야 하는 건가 싶어서 슬프다니까. 가식이나 위선을 부려서라도 적당히 품격을 지킬 수는 없는 거야? 아까도 아빠가 이번엔 꼭 이혼할 거라면서 넌 누구랑 살래, 어쩌고저쩌고 메시지를 보냈더라. 그거 보고 짜증 나서 접속을 다 끊는 바람에 활동까지 망쳤어."

"활동 중에 메시지 수신이 돼? 학교에서 방화벽 쳐 놨잖아. 아, 너희 아빠도 프로그래머셨지."

"그치, 예전 실력이 녹슬지 않은 거지. 그래 놓고 아빠 말이, 나를 봐서 마지막으로 한번만 더 노력해 보겠대. 맨날 내 핑계지. 암튼 방금 찾아보니까 마므 시스템 안에서 감정이나 생각 같은 개인적 부분은 원칙적으로 비공개 영역으로 설정돼 있다는데? 그래서 메시지를 주고받을 때도 혼자서 하는 생각은 전송이 안 되는 거고."

"네가 별로 알리고 싶지 않던 감정이 나한테 오류로 전송된 걸까?"

"음, 어쩌면 의도된 오류일지도? 너한테 털어놓고 위로를 받고 싶은 마음이 내 안에 있었나 봐. 누군가 내 얘기를 들어 주기만 해도 위로가 되니까."

"너도 뇌가 한계 상황이었나?"

"그런가? 징징대고 나니까 마음이 한결 편해지긴 했어."

오늘은 참 이상한 하루라고 생각하며 유월은 침대에 드러누웠다. 마리아나 해구에서 종일 쓰레기 줍기 봉사 활동이라도 하고 온 사람처럼 피곤했다.

일주일.

전교 1등이던 유월이 맨 뒤로 처지는 데에 걸린 시간이다. 만회를 꿈꾸지 못할 만큼 저 멀리, 저 끝으로 밀려났다. 이 정도면 우주 꼴찌가 아닌가 싶을 정도였다. 초월 접속의 속도와 정확성과 현실감을 수동 접속은 당해 낼 수 없었다. 하기는, 일주일이라면 마므 시스템에서 우주 탄생부터 인공지능 탄생까지 물질과 인류의 역사를 분 단위로 학습하고도 남을 시간이었다.

유월은 휴학하거나 자퇴하거나 특수학교로 전학 가지 않았다. 등교일마다 학교에 와서 이제 필요도 없는 접속용 안경까지 굳이 쓰고 책상 앞에 앉아 있었다. 팔짱을 끼고 다리를 꼬는 자세로 바뀌기는 했다. 우등생 자리를 포기하자 찾아온, 느림보의 삶에서 나오는 자세였다. 학습과 활동에 참여해 봤자 기본 점수나 최하점을 받았고, 시간 제한에 걸려 실격되기 일쑤였다. 그런데도 교실에서 버틴 이유는 내심 기대하는 바가 있어서였다. 어느 날 갑자기 찾아온 이상 증상이 다정 말대로 어느 날 갑자기 사라질지도 모른다는 기대. 그런다 해도 유월에게만 접속이 허용되는 슈퍼 마므라도 출시되지 않는 한 1등과 꼴찌 사이의 틈을 메우지 못하리라는 현실을 깨달았을 무렵, 링크가 날아들기 시작했다. 다른 사람의 감정이 담긴 링크였다.

시커먼 안경을 끼고 홀로그램을 바라보는데, 홀로그램 한쪽에 링크가 떴다. 발신인은 유월에게 밀려 만년 2등이다가 마침내 꼭대기 자리를 차지한 아이였다. 그 애는 낙오한 예전 경쟁자에게 비밀스러운 감정을 전송했다. 비공개 영역에 들어가 본 유월은 숨을 들이마시고 한 호흡 참았다. 봉우리와 골짜기가 반복되는 거친 산처럼 들쭉날쭉한 파동과 짙고 어두운 빛깔. 이것은 혹시……?

쉬는 시간, 옛 경쟁자를 찾아갔다. 눈에 인공눈물을 넣던 아이는 유월을 보자 움찔하더니 접속용 안경으로 눈빛을 가렸다. 몹쓸 전염병에 걸린 사람을 멀리하듯 의자를 뒤로 밀어 물러나기까지 한다. 몹쓸 병은 맞아도 전염은 안 되거든, 외치고 싶은 충동을 참으며 유월은 조금 전에 받은 감정 링크를 띄웠다. 그동안 키보드에도 꽤 익숙해져서 10초쯤 걸렸다. 상대는 링크를 확인하더니 다시 움찔 놀란다.

"이거 나한테 왜 보낸 거야?"

"안 보냈어."

"보냈으니까 받았지."

"난 몰라. 오류겠지, 뭐."

"보낸 건 오류라 쳐도 이 감정은 오류가 아니잖아."

"난 이런 감정 느낀 적 없어."

"진짜야? 안심해도 돼?"

"뭘 안심해?"

"네가 정말 죽기라도 하면 신경 쓰일 거 같거든. 이 링크가 구조 요청이면 어떡해? 난 찜찜한 건 싫어."

새로운 1등의 비공개 영역은 죽고 싶다는 감정으로 넘

쳐 났다. 유월이 느끼기에는 그랬다.

"야, 오유월. 구조 요청을 해도 왜 너 같은 애한테 하겠냐? 네가 아직도 전교 1등인 줄 아나 본데, 꿈 깨. 넌 이제 아무것도 아니거든?"

상대가 가상현실로 입장하며 남긴 말이었다.

유월은 그 애 말고도 몇몇 발신인에게 찾아가 대화를 시도했지만 반응은 엇비슷했다. 피하거나, 무시하거나, 빈정거리거나, 화내거나. 오유월이 신흥 사이비 종교에 빠지더니 신의 계시를 링크 형태로 받는다고 주장한다, 뇌가 망가지는 바이러스를 전파할 숙주를 물색하고 다닌다, 초월 접속이 안 된다는 설정 자체가 거짓이고 실상은 실력이 바닥난 거다……, 갖가지 소문이 전교를 한 바퀴 돌고는 다정을 거쳐서 유월 귀에 들어왔다.

"앞으론 그냥 네 인생만 챙기고 살라는 뜻에서 알려 주는 거야. 신경 써 줘 봤자 고마워할 줄도 모르는 애들한테 감정 낭비하지 말라고. 애들이 뭐라 그러든 난 너 믿는 거 알지, 오뉴월?"

"뭘 믿는다는 건지 모르겠지만 어쨌든 믿어 주니 고맙

다, 이번엔 좀 다정한 안다정."

 학교에서 같이 밥을 먹어 주고 집에 가면 전화를 받아 주는 다정이 있어서 다행이었다. 소통 횟수는 현저히 줄었지만 어쩔 수 없는 일이었다. 초월 접속과 수동 접속, 체험과 홀로그램. 이제 두 사람은 가는 길이 달라졌다. 그런 모양이었다.

 "겉보기는 멀쩡한데 속으로 곪아 들어간 애들이 많아서 놀랐어. 할머니가 사람은 겉만 봐서는 모른다고 했는데, 진짜 그런가 봐."

 "뇌에 심은 칩이 감정과 생각을 억제하고 통제한다는 소문 들어 봤어? 만약 그게 사실이라면 다들 이래저래 억눌린 게 많겠지."

 "그런 소문이 있다고? 칩이 우리를 조종하기라도 한다는 거야? 완전 불법에 비윤리적이잖아."

 "만약이라고 했잖아, 만약. 그런데 생각해 봐, 오뉴월. 만약 그 소문이 진짜라면, 넌 억압된 감정을 드러내 보이게 하는 능력이 생긴 건지도 몰라."

 아이들은 자기가 그러는 줄도 모르고 유월에게 감정 링

크를 보내는 듯했다. 어딘가에 깊이 묻어 둔 무의식이 벌이는 일이었다. 그렇다면 관점을 바꿔서, 왜 내가 이런 걸 받았을까, 유월은 생각해 보았다. 문 하나가 닫히면 다른 문이 열린다던 의사 말이 떠올랐다. 타인의 비공개 영역이 담긴 링크를 수신하는 일 자체가 능력이라면, 그 능력은 닫힌 문 너머에서 슬그머니 열린 또 다른 문일지도 몰랐다. 문 너머에는 또 뭐가 있을지 모르겠으나 이제껏 남들은 둘째치고 자신의 감정에도 주의를 기울이지 않고 살아온 유월에게는 당혹스러운 능력이었다.

유난히 기분이 저조해서 조퇴할까 고민하던 날, 특이한 링크가 도착했다. 발신자가 표시되어 있지 않다는 점이 신경 쓰였다. 마지막으로 한번만, 다짐하며 링크를 타고 들어갔다. 엄청나게 혼란스러운 감정이 들이닥쳤다. 이번에도 가상현실에 입장한 듯 생생했다. 거센 감정에 발목 잡히지 않으려고 허우적대다가 링크를 닫았다.

며칠 뒤, 또 다른 감정 링크가 왔다. 오자마자 저절로 열린다. 그게 그러니까, 유월 자신의 감정이었다. '오유월'이라고 이름이 적혀 있지는 않았지만 한눈에 알아보았다. 혼란과 분노와 좌절이 출렁거리는 한편으로 오솔길처럼 구불구불하고 좁다란 안도감이 뻗어 있었다. 내가 이런 기분이라고? 가만 궁리해 보니 그럴 법도 했다. 이방인처럼 외딴곳을 떠도는 느릿느릿한 생활은 따분하면서도 어딘가 묘하게 편하고 느긋한 데가 있었다. 원시인의 휴대용 돌도끼 같은 에핑고를 옷섶에 꽂고 사는 삶도 우려한 만큼 나쁘지만은 않았다. 유월은 걷기와 달리기를 건너뛰고 아예 날아다니던 사람이었는데, 이제는 땅바닥에 엎드려 엉금엉금 기어다닌다. 그러다 보니 풀의 감촉도 느끼고 흙냄새도 맡고 불어오는 바람을 붙잡아 한입 베어 먹기도 하고, 이것도 나름 보람이 있다.

링크를 누가 보냈는지 확인했다. 여우비? 누구지? 링크 속성을 살펴본다. 여우비가 자신이 받은 링크를 유월에게 다시 보낸 것이었는데, 애초에 여우비에게 링크를 보낸 사람은 바로 유월 자신이었다. 유월이 누구인지 알지도 못하는 사람에게 이런 민감한 정보를 보냈을 리 없었다. 그러나 유월의 비공개 영역을 타인에게 보낼 수 있는 사람이 유월 말고 누가 있겠는가? 유월에게 감정 링크를 전송한

애들도 물어보면 그런 적 없다며 부인했다. 자기도 모르게 자기가 보내는 감정. 어쩌면 그것이 핵심일지도.

링크 받았지? 그거 혹시 네 거야?

여우비가 메시지를 보내 왔다. 웬 반말, 하면서도 유월은 최대한 빠른 손놀림으로 '맞는데, 누구세요?' 하고 답을 입력했다. 그러자 '우리 만나자. 만나서 얘기해 줄게.'라는 답이 왔다.

삼각산 어귀에 도착하자, 시야를 둘러싼 홀로그램에 '약속 장소 도착'이라는 안내 문구가 떴다. 저쪽으로 클라이밍 센터가 보였다.

커다란 건물 외벽에 설치한 인공 암벽. 몇몇 사람이 안전장치를 매단 채 벽을 오른다. 홀로그램에 사람들 윤곽이 그려지더니 그중 한 명 위에 '여우비'란 이름이 떴다. 저 애다, 여우비.

여우비가 고개를 돌려 유월을 확인하는가 싶더니 암벽

을 내려왔다. 바닥과 가까워지자, 안전모 아래로 얼굴이 보였다. 유월 또래의 여자애였는데, 유월과 마찬가지로 접속용 안경을 쓰지 않았다. 다른 사람과는 달리 맨눈으로 암벽을 보며 가상현실과 뒤섞이지 않은 암벽을 등반하다가 내려온 셈이었다.

"여기까지 와 줘서 고마워."

여우비가 경쾌한 발놀림으로 착지하며 말했다.

"참, 난 본명이 여우비야. 송여우비. 여우비는 '볕이 나 있는 날 잠깐 오다가 그치는 비'란 뜻이고."

그래 뭐, 예쁜 이름이네, 유월은 생각했다. 여우비는 암벽 옆으로 치워 둔 물병을 가져와 물을 마시더니, 입가에 묻은 물방울을 손등으로 닦았다.

"오유월 너도 초월 접속이 막혔다던데, 정말이야?"

"그걸…… 어떻게 알았어?"

"소문 듣고 알았지."

유월은 여우비가 자기 홀로그램에 띄우는 정보를 확인했다. 제9학교, 열여섯 살. 나이는 동갑이고, 제9학교라면 옆의 옆쯤 되는 동네에 있는데 거기까지 소문이 퍼졌구나. 하기는, 돌도끼 든 원시인이 나타났으니 동네를 초월하는 소문거리겠지. 그런데 잠깐만, 방금 '너도'라고 하지 않았나?

"혹시 너도 초월 접속이 안 되는 거야?"

"응. 얼마 전부터 수동 접속만 돼. 원인도 모르겠고."

짧은 문답으로 두 사람은 서로 같은 처지임을 확인했다. 유월은 쨍쨍한 하늘에서 예고도 없이 쏟아지는 비처럼 급작스러운 동질감을 느꼈다. 이 도시에서 방황하는 원시인이 나 혼자가 아니었어! 그러고 보니 여우비의 옷에도 에핑고가 꽂혀 있다.

"나 말고 다른 사람들이 보내는 감정 링크도 받아 봤어?"

유월이 물어보자, 여우비가 고개를 끄덕였다.

"그런데 발신자 없는 링크는 네 거 하나였어. 그걸 열어 보니까 뭔가 굉장히 혼란스러워하는 감정이 느껴졌어. 너무 생생한 감정이라 누구일까 궁금했는데, 오유월 네 소문을 들은 거야. 전교 1등인데 초월 접속이 막혀서 꼴등이 됐다는…… 아, 미안."

유월은 아무렇지도 않은 척 어깨를 으쓱했지만, 칼날로 저미는 듯한 아픔이 심장을 슬쩍 스치고 지나간 다음이었다.

"난 학교 휴학했어. 도저히 따라갈 수가 없더라고. 초월 접속 끊기고서 무지 괴롭고 힘들었는데, 네 감정 링크를 보니까 나만큼 엉망인 사람이 또 있구나 싶어서 뭐랄까, 은근히 위로가 됐어. 또 미안."

"아니야. 무슨 심정인지 알 거 같아."

여우비가 자신에게 동질감을 느낀다는 사실이 유월은 싫지 않았다. 오히려 위로와 위안이 되었다. 돌이켜 보면 초월 접속으로 가상현실에 들어갈 때마다 아무리 북적이고 화려한 곳에 있어도 혼자라는 생각이 들곤 했다. 인공지능 마므 앞에서 나 홀로, 그런 느낌.

"내가 받은 발신자 미상 링크는 이거야."

유월은 전에 잠깐 살펴보고 덮어 버렸던 링크를 열어서 보여 주었다. 그리고 여우비가 보낸 유월 자신의 감정 링크도 띄웠다. 여우비도 제 몫의 홀로그램을 한 귀퉁이 잘라다가 그 옆에 붙인다. 자기 안에서 스스로 찾은 감정 영역이었다. 누군지 모를 제3의 인물과 오유월과 송여우비, 이렇게 셋의 감정을 비교하니 공통점이 보였다. 혼란과 두

려움, 외로움, 슬픔, 불안과 초조…… 거기에 더해, 작지만 뚜렷한 만족감과 안도감.

"이 링크 주인도 초월 접속이 안 되는 사람일까?"

"내 짐작엔, 아마도."

그 순간, 나란히 줄지어 선 세 감정 링크가 빛을 발하기 시작했다. 유월과 여우비를 둘러싼 홀로그램 전체가 커다란 형광 물고기처럼 환해졌다. 그 빛이 유월과 여우비에게까지 건너왔다. 머리인지 마음인지 어디인지 모를 곳에서 열린 문, 그 문틈으로 빛이 쏟아져 들어온다. 유월은 빛의 입자와도 같이 여우비의 감정 속으로 스며들었다. 마치 여우비가 된 것처럼 또렷한 실감이었다. 무리에서 떨려 나 외딴곳으로 밀려날 때 여우비가 느낀 공포가 유월을 압도했다. 나에게만 느려진 세상의 무거운 소용돌이를 뚫고 나가려고 발버둥 치다가 온몸에 힘이 빠지는 좌절감, 여우비를 괴롭히던 그 감정이 유월을 휘감았다. 그런 다음, 조금 평온해진다. 견딜 만해진다.

"오유월, 나 꼭 네가 된 거 같아!"

유월이 그랬듯, 여우비도 상대의 감정 속에서 물고기나

빛처럼 헤엄치며 외쳤다. 하루아침에 초월 접속이 막힌 것보다 더 말도 안 되는 일이 벌어졌다. 유월과 여우비가 서로에게 접속한 것이다. 접속 너머의 접속, 서로 감정을 공유하는 상태였다.

"나도 그래! 뭐야, 이거? 우리 미쳤나 봐!"

그것으로 끝이 아니었다. 두 사람은 또 다른 문을 열고 또 다른 공간으로 나아갔다. 이제껏 상대가 배우고 익힌 지식과 정보, 경험한 세계를 들여다봤다. 문을 열면 그 문이 뒤로 쿵 넘어가며 다리가 되어 다음 단계로 둘을 이끌었다.

"너 요즘 트위스트 록이란 걸 연습하는 모양이네?"

"그걸 어떻게 알았어?"

여우비가 놀라 물었다. 유월은 대답 대신, 장비 선반에 놓인 하네스를 입고 안전장치를 채웠다. 암벽 등반은 처음인데도 막힘이 없었다. 이곳에서 오랫동안 연습해 온 여우비와 접속된 덕분이었다. 여우비가 익힌 각종 클라이밍 기술이 유월에게 흘러들었다.

암벽에 달라붙은 유월은 저쪽 멀리, 파란색 홀드를 잡고 싶었다. 가려고 하는 방향의 무릎을 반대쪽으로 돌리며 몸을 비튼 다음, 멀리 있는 파란색 홀드를 잡았다. 편 다리를 당겨 발뒤꿈치를 홀드에 걸고서 꼬인 몸을 풀었는데, 그만 홀드를 놓치고 떨어졌다.

몸에 연결한 줄이 작동하여 유월을 안전하게 보호했다. 바닥에 두꺼운 매트가 깔려 있기도 했고.

팔다리에 힘이 풀린 유월은 매트에 드러누워 하늘을 올려다보았다. 하얀 구름이 암벽에 붙은 홀드로 보였다. 트위스트 록이란 기술을 머리로는 알겠으나 체력과 근력이 부족했다. 기초 체력만 다진다면 머지않아 성공할 수 있을 것 같았다.

"오유월, 괜찮아?"

여우비가 다가와 물었고, 유월은 아주 오랜만에 웃음을 지었다. 그럭저럭 괜찮았다. 이 기분, 나쁘지 않다.

"넌 언제부터 클라이밍을 했어?"

"오늘이 처음인데?"

"뭐?"

"그냥 머릿속에 네가 암벽을 오르는 모습이 떠올랐어.

멀리 떨어진 홀드를 보니까 저건 트위스트 록으로 해야 한다는 생각이 들었고, 그러니까 몸이 막 움직이던걸?"

"말도 안……."

여우비는 머릿속에 어떤 장면이 떠오르는 바람에 말을 끝맺지 못했다. 마리아나 해구, 탐사정 안에서 뜰채를 뻗어 비닐 쓰레기를 낚아채는 유월이 보였다. 탐사정 옆을 헤엄쳐 다니는 꼼치 여러 마리도.

유월과 여우비, 둘의 지식과 경험은 종이에 쏟은 잉크가 펄프 결을 따라 번지듯이 서로에게 가 닿았다. 뭉치고 겹쳐서 뭉게뭉게 커지는 구름처럼 서로 연결되어 있으면서도, 자기만의 해와 달과 별을 가진 개별 우주이기도 했다.

"대체 이게 어떻게 된 거야? 초월 접속으로도 안 되는 일이잖아."

"몰라, 원인 불명이야. 꼭 슈퍼 마므에 접속한 느낌이야."

"초월 마므 같지 않아? 마므 너머의 마므."

"초월 너머의 초월 같은 거? 진짜 그렇네. 나 지금 나를 초월한 기분이거든. 내가 모르는 건 네가 알고 있겠지?"

"내가 아는 걸 네가 더 잘 알 수도 있지. 네가 잘하고 싶었던 걸 난 이미 잘하고 있을 수도 있고."
"우리 같은 사람이 또 있을까?"
"어쩌면, 아마도."
유월이 놀라운 경험에 멍해져 있을 때, 다정에게 메시지가 왔다.

오뉴월, 뭐 해? 나 배고파.

유월은 이 소식을 안 다정한 듯 굴어도 결국은 언제나 다정한 친구, 다정에게 알려 주고 싶었다. 홀로그램 키보드를 펼쳐서 메시지를 쓴다.

앞으로 어떻게 되는 걸까?
우리 앞에 어떤 세상이 펼쳐질까?

갑자기 웬 뜬구름 잡는 소리?
무슨 일인데 그래?

다정이 보내온 답장 옆쪽에서, 발신자 미상 링크의 불빛이 더 밝아지더니 깜빡거렸다. 그런데 이상했다. 뭔가 달라졌다. 감정 링크 안에서 일렁이는 파동, 그 다양한 색 하나하나가 유독 선명하게 와 닿았다. 다채로운 물감이 담긴 거대한 팔레트가 머릿속에 펼쳐진다.

"이 사람은 색깔에 굉장히 민감한가 본데?"

"맞아, 그림을 잘 그리는 사람일 거 같아."

링크의 파동이 이쪽으로 오라고 흔드는 손길처럼 어딘가로 흘러간다. 그래, 가 보자.

무슨 일인지 이제부터 알아보려고.

알게 되면 알려 줄게!

유월과 여우비는 이제 막 발견한 새로운 세계를 향해서 발걸음을 내디뎠다.

........

소설을 쓰고 나면 그 뒷이야기를 상상해 보게 된다.
유월은 여우비와 함께 발신자 미상 링크의 주인을 찾아가 만난다. 그 사람 역시 초월 접속이 끊겨서 고생하고 있다. 이들 셋은 점점 더 많은 감정 링크를 받게 되고, 자신들과 같은 증상을 겪는 사람들과 소통하며 새로운 마므를 형성하게 된다. 어느 날 갑자기 초월 접속이 끊긴 이들은 초월 접속 너머의 세상을 꿈꾸며 그곳으로 나아가려 한다. 물론 이런 움직임을 경계하며 방해하는 세력도 있고 말이다. 내 생각에는 이 연대와 투쟁 과정에서 하나도 안 다정한 안다정도 중요한 역할을 하게 될 것 같다.
질병 너머, 경쟁 너머, 갈등 너머, 한계 너머, 지구 너머…….
인간은 현실에 발붙이고 살아가면서도 두 눈으로는 저 지평선 너머를 바라보는 존재가 아닐까?
초월 너머의 초월을 꿈꾸는 유월이 앞으로 어떤 일을 겪게 될지, 이 소설을 읽은 분들도 한번쯤 상상해 본다면 감사한 일이겠다.

하유지